KB150627

살면서 한번쯤은 생각해 볼 것들

살면서 한번쯤은 생각해 볼 것들

초판 1쇄 인쇄_ 2015년 12월 10일 | **초판 3쇄 발행_** 2018년 5월 28일
지은이_ 김태균 | **펴낸이_** 오광수 외 1인 | **펴낸곳_** 올댓북
디자인 · 편집_ 김창숙, 박희진 | **마케팅_** 김진용
주소_ 서울시 용산구 백범로 90길 74, 대우이안 오피스텔 103동 1005호
전화_ 02)2681-2832 | **팩스_** 02)943-0935 | **출판등록_** 제1-3077호
http://www.dreamnhope.com| e-mail_ jinsungok@empal.com
ISBN_978-89-94648-81-1   03810
※ 책 값은 뒤표지에 있습니다.
ⓒPrinted in Korea. | ※ 잘못된 책은 바꾸어 드립니다.

WILL TRY TO THINK AT ANY ONE TIME ARE LIVE

살면서 한번쯤은
생각해 볼 것들

나에게 주어진 소중한 하루를
어떻게 살 것인가?

김태균 지음

 올리빗 book

인생을 잃어버리지 않으려면
좋은 습관에 길들여져라

"Material things lost can be found. one thing that can never be found, when it is lost 'life'."

물질적인 것들은 잃어버려도 다시 찾을 수 있지만 인생은 잃어버리면 다시 되찾을 수 없는 유일한 것이라는 명언이다.

작자 미상으로 쓰인 글이 스티브 잡스가 남긴 말로 인터넷상에 퍼지면서 유명해진 글이다.

예나 지금이나 돈, 명예, 권력은 한 사람의 인생을 성공시키기도 하지만 반대로 한 순간에 추락시키는 독이 되기도 한다. 때문에 한번 주어지는 우리의 삶을 아름답고 가치있게 만들어가기 위해서는 무엇보다도 스스로 자신의 삶에서 진정한 만족과 즐거운 행복을 느껴야 하고, 떠난 후 후세들로 하여금 이름 석 자가 존경받는 인물로 남는다면 더욱 의미있는 삶으로 기억되고 기록될 것이다.

'세 살 버릇 여든까지 간다'는 말이 있다. 동서양을 막론하고 긍정적인 삶, 성공하는 삶, 행복한 삶, 가치있는 삶은 하루아침에 이루어지는 것이 아니라 스스로 꾸준히 좋은 습관을 유지할 때 만들어진다. 작은 모래알들이 쌓이고 쌓여 수천 년 간 자연현상 속에서 멋진 암벽을 만들 듯이 우리의 삶은 매일매일 순간순간 좋은 습관을 통해 그 모습을 만들어가게 된다.

현대인들의 삶은 속도와 변화를 벗어나기 어렵다. 다만 그 속에서도 더 나은 삶을 위해 자신을 들여다보고 새롭게 변화하는 것은 반드시 해야 할 일이다. 그 실천이 바로 나쁜 버릇이 아닌 좋은 습관을 갖는 것이고 습관을 길들이기 위한 스스로의 노력과 열정이 뒤따라야 한다.

Habit 2
성공하는 삶을 만들어가는 습관

Habit 3

행복한 삶을 만들어가는 습관

Habit 4

가치 있는 삶을 만들어가는 습관

긍정적인
삶을
만들어가는
습관

행동의 씨앗을 뿌리면 습관의 열매가 열리고,
습관의 씨앗을 뿌리면 성격의 열매가 열리고,
성격의 씨앗을 뿌리면 운명의 열매가 열린다.
나폴레옹

당신의 인생은

긍정적인 삶을 만들어가는 습관

낙관적인가?

　대부분의 사람들이 평소에는 깨닫지 못하는 사실이 있다. 제아무리 돈을 모아도, 제아무리 노력을 해봐도 자신의 힘으로는 어쩔 수 없는 일이 두 가지 있다. 그중 하나는 자신의 의지와는 상관없이 이 세상에 태어났다는 사실이고, 또 다른 하나는 태어난 사람은 누구나 언젠가는 죽는다는 것이다. 이 두 가지는 그 누구도 자신의 힘으로는 어쩔 수 없는 불변의 인생 진리다.

　사람들은 생각한다. 지금 나는 이렇게 살아가고 있으니 죽지 않을 것이라고 생각한다. 혹은 평소 자신이 언젠가는 이 세상에 존재하지 않을 것이라는 것을 전혀 생각하지 않는다. 물론, 이 같은 낙관적인 인생관은 매우 중요하다. 주어진 생명을 밝게 마치는 것이 인생이라고 생각하기 때문이다.

어느 고승은 이런 말을 남겼다.

'어제까지만 해도 남의 일이라고 생각했는데 이번에는 나인가? 참으로 쓸쓸하구나.'

20대, 30대 시절에는 이 말이 가슴에 와닿지 않는다. 친구나 지인들의 장례식에 참가하는 횟수가 점점 늘어나는 중·장년층이 돼서야 이 말이 남의 얘기가 아님을 느끼게 된다.

우리는 매일 아침에 일어나 낮에는 일을 하고 밤에는 잠을 자는 생활을 반복한다. 매순간 이처럼 찰나의 시간을 보내고 있는 우리는 지금이 시간도 누구나 인생의 종착역으로 한 걸음씩 다가가고 있는 것이다. 지금 이 책을 읽고 있는 당신도 그중 한 사람이다.

오늘 아침 몇 시에 일어났는가? 일어난 후 바로 이 순간까지 몇 시간이 지났을까? 틀림없이 그 지나간 시간만큼 종착역에 더 가까이 다가간 것이다. 이 부정할 수 없는 인생의 진리를 생각할 때, '내 삶은 이것으로 족하다'고 자신할 수 있는 사람은 흔치 않다.

'하루하루를 어떤 마음가짐으로 살아갈 것인가?'는 우리의 삶에서 가장 중요한 포인트다. 매일 일어나서 일하고 잠드는 이런 일상의 반복이어도 상관없다. 단, 어떤 마음가짐으로 그것을 반복하느냐가 중요한 것이다. 웃으며 밝게 살아도 한평생, 어두운 얼굴로 한탄하며 살아도 한평생이다. 어차피 한 번밖에 없는 인생이라면 밝은 인생을 보내야 한다. 또 하루하루를 알차게 의미있게 보내야 한다. 단 모든 일을 어두운 쪽으로 생각하기보다는 밝은 쪽으로 긍정적으로 생각하는 습관을 길들여야 한다.

'Can Do'의 신념을

긍정적인 삶을 만들어가는 습관

글씨로 써라

세계적으로 잘 알려진 저자 클로드 브리스톨은 기자로 활동하다가 경영자로 변신하여, 난관을 극복한 경험을 바탕으로 1948년 자기계발서 『신념의 마력』을 출간했다. 이 책은 전 세계로 번역되어 수백만 독자들에게 성공적인 삶의 원칙을 명쾌하게 제시하는 베스트셀러가 되었고 지금까지도 인생 성공 경영의 고전으로 불린다.

브리스톨은 이 책에서 '자신이 바라는 것, 되고 싶은 모습을 뚜렷하게 마음에 그려라. 그리고 그것이 실현될 것이라고 확신하라'는 말을 되풀이해서 강조한다. 희망과 소망을 그저 꿈꾸는 이야기에 그치지 않도록 하기 위해서는 신념의 힘이 중요하다는 것이다.

우리는 살아가면서 이런 생각을 자주 한다. '나의 문제는 잘 풀릴 것이다', '나는 돈을 많이 벌어 부자가 될 수 있을 것이다'라고. 이렇게 긍정의 마인드를 갖는 것은 좋은 일이다. 하지만 단지 마음속으로 생각하는 것만으로는 그 실체가 불분명하다. 따라서 그 생각은 언제부터인가 희미한 기억 속으로 멀어져 가기도 하고 또 잊혀지기 마련이다.

이제는 방법을 달리 해보는 것이다. 나는 잘될 것이라는 생각, 즉 심리적 효과를 쉽게 활용하는 것이다. 그것은 다름 아닌 구체적인 실행이다. 가장 먼저 나의 소망을 구체적으로 종이에 적어 보자. 일단 시각화하는 것이다. 예를 들어 '새로운 승용차를 갖고 싶다'고 생각했다고 하자. 그 상태로는 대개 꿈에 그치고 만다.

신념을 유지시키는 비결은 이런 논리로 설명할 수 있다. 우선 카드를 다섯 장 준비한다. 그리고 그 카드에 자신의 소망과 소망 달성일을 적는다. 어떤 자동차가 갖고 싶은지 구체적으로 쓰는 것이다. '벤츠 190 구입. ○○○○년 ○월 ○일, 목표 달성!'이라고 적는다. 그 카드 중한 장은 집의 벽 같은 곳에 붙여놓는다. 자신의 눈에 쉽게 띄도록 해야한다. 두 번째 장은 세면대 거울에, 세 번째는 침상, 네 번째는 화장실, 다섯 번째는 지갑에 넣어둔다. 사람들이 알게 되는 게 싫다면 자신만알 수 있는 기호로 기록하면 된다. 날마다 그 카드를 보면서 무의식 속에 이미지를 심어놓는 것이다.

훌륭한 골퍼로 유명한 아놀드 파머는 공을 치기 전에 공이 어떤 코스로 날아갈지를 항상 머릿속으로 그렸다고 한다. 그렇게 하면 공을 칠때, 자신이 그려본 코스를 타고 갈 수 있도록 몸이 움직이기 때문에 좋은 타구를 날릴 수 있었다는 것이다. 복싱계의 슈퍼스타였던 무하마드알리도 시합 전에 언제나 "내가 이긴다. 나는 세계에서 가장 강한 복서

다.”라고 힘차게 말했다. 그가 계속해서 세계 최고의 복서 자리를 지킬 수 있었던 것도 바로 신념의 힘을 이용했기 때문임에 틀림없다.

'이 일은 실현된다'고 강하게 생각하고 그것을 잠재의식에 각인시키면 지금까지 실현되지 않았던 일이라도 실현시킬 수 있다. 마음속에 언제나 '할 수 있다'는 신념이 있으면 자신감과 의욕이 솟아나는 법이다.

최근 들어 기업의 로비나 복도의 벽을 보면 '미션(MISSION)'이라는 게시판에 직원들이 저마다 자신의 목표나 꿈을 적어 붙여놓은 것을 쉽게 찾아볼 수가 있다. 이것이 바로 매일같이 자신이 작성한 미션을 바라보면서 스스로의 신념을 반복 기억함으로써 목표에 다가서는 셀프 컨트롤의 한 기법인 것이다.

좋은 일만
긍정적인 삶을 만들어가는 습관
올 거라고 믿자

'인생사 새옹지마(人生事 塞翁之馬)'라는 말이 있다. 옛날 중국에 새옹이라는 노인이 살았는데 그가 애지중지하며 기르던 말이 어느 날 갑자기 종적을 감춰버렸다. 마을 사람들이 그를 가엾이 여겨 위로하자 새옹은 "하는 수 없지. 곧 좋은 일이 있을 거야."라며 대수롭지 않다는 얼굴을 했다. 놀랍게도 그의 말처럼 며칠 후, 새옹의 말이 돌아왔다. 그것도 준마를 데리고 돌아온 것이다.

마을 사람들이 기뻐하며 이구동성으로 말했다.

"준마를 데리고 돌아오다니 일거양득이야. 정말 잘됐어. 잘된 일이야."

하지만 새옹은 이렇게 말했다.

"마냥 기뻐할 수만도 없는 일이야. 또 무슨 일이 일어날지 모르니까."

며칠 후, 새옹의 아들이 그 준마를 타다 말에서 떨어져 다리가 부러졌다. 마을 사람들은 "뜻밖의 불행이군."이라며 새옹을 위로했다. 새옹은 "하는 수 없지. 곧 좋은 일이 있을 거야."라며 이번에도 대수롭지 않아 했다. 얼마 후, 전쟁이 일어났다. 마을 청년들은 모두 징병되었고 그중 대부분이 전사했다. 다행히 새옹의 아들은 다리가 부러진 덕분에 징병을 면할 수 있었다.

우리의 인생에서 일어나는 일 가운데 어떤 것이 행복이 될지는 아무도 모른다. 지금 당장 안 좋은 상황에 처해도 크게 낙담하거나 좌절할 필요는 없다. 그 괴로움이 잠시 또는 한동안 지속될지는 모르겠지만 난관은 언젠가는 극복하기 마련이다. 도중에 포기하지 않는다면 반드시 목표를 달성할 수 있다.

'동기부여(motivation)'에 대한 권위자 조셉 머피는 이런 말을 했다. '재난 속에는 행복의 싹이 숨어 있다.'라고.

일시적인 괴로움에 신경 쓰지 말고 '이로써 잘될 거야. 이미 행복의 싹이 트기 시작했어'라는 확신을 갖는 것이 중요하다. 고난을 극복해야만 참된 행복의 싹을 움켜쥘 수 있다는 얘기다. 목표 달성을 눈앞에 두었을 때야말로 최대의 난관이 찾아온다고 한다. 걸림돌은 발전의 전조인 것이다.

갑자기 불어 닥친 재난이나 불행한 사건 앞에서 우리는 좌절하기도 하고 비관하기도 한다. 인간인 이상 그 누구도 피할 수 없는 일인지도 모른다. 어차피 인간은 불완전하기 때문이다. 아무리 생각해 봐도 인간의 자그마한 지혜로는 어찌해 볼 수 없는 일들이 수없이 많다. 더 더욱 현 시대는 물질문명의 주도하에 시시각각 변화무쌍한 환경이다. 때문에 예측불허의 일이나 상황이 발생하기도 한다. 그렇다고 해서 앞날을 두려워하거나 다가오는 불행이나 장애물 앞에서 포기하고 마냥 쓰러져서는 안 된다. 비 온 후 개이고 눈보라가 몰아친 후 햇빛이 나타난다. 힘들고 괴롭고 버거운 현실 앞에 놓일지라도 곧 새로운 환경, 좋은 일들이 다가올 거라는 희망과 기다림을 갖는 것은 험난한 인생길을 헤쳐나가는 데 좋은 습관이 될 것이다.

오늘은

긍정적인 삶을 만들어가는 습관

어제와 달라야 한다

우리는 날마다 보며 지나가는 아파트 단지 내 정원이나 회사 정원의 나무와 꽃들에 큰 관심을 갖지 않는다. 잎이 나오거나 꽃이 피는 경우에만 한 번 더 바라보면서 계절의 변화를 실감하곤 한다. 이제부터는 하루 한 번씩만이라도 관심있게 관찰을 해보자. 분명 자신도 모르게 깜짝 놀랄 때가 있을 것이다. 어제와는 다른 또 다른 새로움을 발견할 수 있기 때문이다.

파릇파릇한 새싹이 돋아나는가 싶으면, 꽃봉오리가 맺히고, 또 하루가 지나면 꽃이 핀다. 잎은 커지고 색깔은 더욱 진하게 바뀌어간다. 그러니 날마다 나무들을 보는 것은 새로움의 연속이다. 어쩌다 며칠간 보지 않다가 다시 보는 순간에는 정말이지 깜짝 놀라게 된다. 새로운 나무를 옮겨다놓은 듯 확 달라져 있음을 알게 된다. 이렇듯 식물은 '살아 있는 것은 언제나 새로운 것이다' 라는 사실을 아주 솔직하게 잘 보여준다.

그렇다면 우리 인간은 어떠한가? 우리 몸도 날마다 새로워진다. 피부를 예로 들자. 새로운 피부가 끊임없이 만들어지며 어제까지의 낡은 피부는 각질이 되어 떨어져나간다. 근육도, 심장도 마찬가지다. 낡은 조직은 녹아서 소변 등과 함께 배출되고, 새로운 조직이 생겨난다. 우리의 몸도 어제와는 또 다른 새로움이 더해지는 것이다. 살아 있는 것은 늘 새롭기 때문이다.

'이 세상 모든 것은 변한다' 는 진실은 아주 기본적이고 단순한 논리 같지만 이와 같은 사실은 일이나 공부에도 얼마든지 적용시킬 수 있다. 언제나 어제와 같은 생각에 머물러 있으면 새로운 것을 생각한 사람에게 앞자리를 내주게 된다. 일이나 공부를 해나가는 방법에도 늘 새로운 피가 흐르지 않으면 안 된다. 상품 판매 방법도 광고를 하는 방법도 그렇고, 작업을 진행시켜나가는 방법 또한 마찬가지다. 어제보다는 오늘, 오늘보다는 내일이라는 식으로, 생각에 생각을 거듭해 발전시켜 나아가지 않으면 안 된다.

고객에게 인사를 하는 방법, 고객을 대하는 방법, 전화를 거는 방법 등도 사소한 일이라고 무시해서는 안 된다. 사소한 일이라도 세심하게 주의하는 습관은 매우 중요하다. '이렇게 하는 것이 좋겠다' 고 생각되는 일이 있다면 바로 개선해야 한다. 그 실천 자세가 바로 '일신우일신(日新又日新)' 이다. 신선한 피가 흐르고 있다는 증거다.

현직에서 은퇴를 한 후 세상을 피해 조용한 곳에서 또는 집안에 틀어박혀 노후를 은둔생활로 보내는 사람들이 있다. 얼마 전까지만 해도 하루하루를 열정적으로 불태웠던 사람이 퇴직과 동시에 집에서 정체된 삶을 사는 것이다. 이런 생활이 반복되면 그 사람은 쉽게 늙어버린다. 열정을 불사르고 관심을 집중시켜야 하는 '일'이 없어져버렸기 때문에 자신이 지닌 에너지를 밖으로 끌어내지 못하는 것이다.

인간의 삶은 일 그 자체다. 일이 사라지는 순간 살아갈 힘도 약해진다. 심장이나 세포도 언제나 일을 하며 신진대사 활동을 하고 있다. 새로운 것을 받아들이고 낡은 것은 배설하며 일을 하고 있기 때문에 살아 있는 것이다. 어제와 다른 오늘을, 또 오늘보다는 더 알차고 신선한 내일을 살아가는 습관을 길들이는 것은 매우 가치있고 소중한 일이다.

스승을 모방하여

긍정적인 삶을 만들어가는 습관

창조로 이어가라

심사정은 김홍도와 함께 조선 후기의 대표적인 화가로 알려져 있다. 그는 남종화라는 독자적인 자신의 화풍을 이루어내는데 성공한 인물이다. 심사정의 화풍을 이루는 두 가지 커다란 줄기는 조선 중기에 유행했던 절파화풍과 조선 후기에 전래된 남종화풍이다. 그는 어렸을 적 정선에게서 그림을 배웠다고 한다. 따라서 역사학자들은 심사정의 성장환경을 볼 때 스승인 정선에게 배웠던 화풍이 그의 작품세계에 큰 영향을 미쳤으며, 그의 친가와 외가에서 전해져 온 화풍으로 본래 명나라 초기 절강지방 양식의 영향을 받았던 화가들의 화풍으로 일컫는 절파화풍의 영향을 받은 것으로 풀이한다.

'모방은 창조의 어머니다' 라는 말도 있듯이 모방은 곧 창조의 출발점이기도 하다. 심사정은 바로 모방 속에서 조선 남종화를 창조해낸 인물인 셈이다.

　예로부터 예술 분야의 경우 대부분의 뛰어난 인물들은 철저하게 스승을 흉내내는 것부터 시작했다고 한다. 처음에는 선배나 스승의 흉내를 내지만 조금씩 자기 나름의 모습을 창조하게 된다. 그리고 더 나아가 스승을 뛰어넘는 것이다. 바로 청출어람(靑出於藍)인 셈이다.

　성공한 사람들을 보면 대부분 스승이 있다. 그리고 저마다 스승을 은인처럼 모시고 존경하는 경향이 있다. 또 그들의 재능이나 재주는 물론이고 언행이나 사고에서도 알게 모르게 그들의 스승과 유사한 점을 많이 지니고 있다. 그것은 어쩌면 당연한 것이다. 그들의 출발점이 곧 스승의 가르침 아래서 스승을 따라하는 것부터 시작된 만큼 스승의 모습을 모방하면서 자신을 발전시키는 동안 자신도 모르게 많은 부분에서 닮게 된 것이다.

　아무리 유능한 인재라고 할지라도 스승없이 혼자서 성공하기란 어렵다. 자신만의 독창적인 세계를 확보하면서 성공하는 것은 정말 훌륭한 일이지만 시작 단계에서는 자신이 지닌 끼와 잠재력을 밖으로 끄집어내 주고 또 채찍질을 하는 스승이 반드시 필요하다. 그런 스승을 따라하는 것은 흉이 아니다. 당연한 일인 것이다.

　현대사회에서는 예술 분야만이 아니라 골프나 야구 같은 스포츠 세계는 물론이고 비즈니스에서도 마찬가지로 모방은 성공으로 가는 첫걸음으로 통한다. 특히 경제 분야에서는 경영혁신의 한 방법으로 많은 기업들이 벤치마킹(Benchmarking)을 선호한다. 물론 단순히 경쟁 기업이나 선도 기업의 제품을 복제하는 수준이 아니라 장·단점을 분석해 자사의 제품을 한층 더 업그레이드해 시장 경쟁력을 높이고자 하는 개념이다. 하지만 넓은 의미에서 볼 때 벤치마킹의 출발점도 모방에서 시작된 것임엔 틀림이 없다.

일의 우선순위를

긍정적인 삶을 만들어가는 습관

정하자

솔직히 말해서 일이나 공부는 그다지 즐거운 것이 아니다. 노는 편이 훨씬 더 즐겁다. 대부분의 사람들이 그렇게 생각한다. 다만 재미없다고 해서 일이나 공부를 하지 않을 수는 없다. 공부나 일은 먹고 살기 위한 것, 즉 생존과 일을 통한 자기만족과 기쁨을 찾는 자아실현을 위해 반드시 필요하다. 하지만 이왕이면 다홍치마라고 했다. 어차피 해야 할 일이라면 좀더 즐겁게 능률적으로 하는 방법은 없는 것일까?

일을 능률적으로 처리하는 방법에는 두 가지 단계가 있다.

첫 단계는 지금 하려고 하는 일을 마쳤을 때를 상상해 보는 것이다. 어려운 일을 마치면 '하와이로 가서 골프를 즐기겠다' 혹은 '휴가를 잡아서 가족 여행을 즐기겠다' 하는 식의 즐거운 '대가'를 준비해두는 것이다. 스스로에게 어떤 보상으로 대가를 치를 것인지는 사람마다 다를 것이다. 단, 대가는 어떤 형태든 현실성이 있는 것이어야만 한다. 즐거운 대가가 기다리고 있으면 누구나 가능한 한 빨리 그것을 받고 싶어 하는 법이다. 그러니 어떻게 해야만 능률적으로 일을 할 수 있을지 여러 가지로 생각하게 되고 일을 보다 능률적으로 처리하기 위한 포인트를 찾아내게 된다.

두 번째 단계는 일의 순서를 정하는 것이다. 열심히 사는 사람일수록 성공하는 사람일수록 일은 끝이 없다. 짧은 시간 내에 모든 것을 다 처리하겠다고 생각한다면 그것은 불가능한 일이다. 따라서 일의 순서를 정하는 것은 매우 현명한 일처리 테크닉이다. 일의 순서를 정함에 있어서 먼저 해야 할 일은 일을 분류하는 것이다. 1순위는 지금 당장 처리하지 않으면 안 되는 일, 2순위는 지금 당장 급하지는 않지만 언젠가는 반드시 해야 할 일, 3순위는 필요하지만 꼭 내가 하지 않아도 되는 일, 4순위는 해도 그만 안 해도 그만인 일, 이렇게 네 가지로 분류하는 것이다. 이를 테면 급한 일인 1순위와 반드시 해야 하고 중요한 일인 2순위는 자신이 해야 한다. 꼭 내 손으로 하지 않아도 되는 일 3순위는 대부분 잡무의 성격을 지녔기에 누군가에게 도움을 요청하면 된다. 그리고 마지막 해도 되고 안 해도 되는 일은 일단 해야 할 일에서 배제시켜버리는 것이다.

이처럼 순위를 정한 것을 바탕으로 일을 하나둘씩 처리해나가면 머리가 복잡할 만큼 쌓여 있다고 생각되었던 일들이 하나둘씩 정리가 되면서 열심히 일한 자신을 위한 보상도 챙길 수 있게 된다. 일을 처리하는 테크닉은 특히 CEO나 높은 직급의 간부일수록 적극적으로 활용하면 좋다. 하지만 모든 일들을 자기 손으로 다 처리하려고 하는 이들이 적잖다. 이를 테면 관공서를 찾아가 서류를 발급받는 일 같은 잡무의 경우 중요한 일이 아닌데도 상당한 시간을 빼앗기기 일쑤다. 잡무에 휘둘리다보면 정작 중요한 일을 하지 못하게 된다.

　이제부터는 일처리에 있어서 과감해져라. 해도 그만 안 해도 그만인 4순위의 일을 아예 무시하듯 잊어버리고 3순위에 해당하는 잡무는 시간적 여유가 없을 때는 부하직원을 활용하는 것이 개인은 물론이고 기업차원에서도 효율적인 일처리가 된다.

　지금 할 일이 너무 많아서 머리가 아프거나 걱정을 하고 있다면 머리를 단순화시켜라. 다른 일에 대해서는 생각하지 말고 가장 급하고 중요하다고 여기는 일인 1순위 업무에 주력하면 된다.

우유부단함은
긍정적인 삶을 만들어가는 습관
버려라

수영을 하다 보면 '몸을 버려야 살 수 있다'는 말이 실감날 때가 있다. 언제까지나 발을 강 바닥에 붙이고 있으면 영원히 수영을 할 수 없기에 과감하게 발을 떼어야 비로소 수영을 배울 수 있는 길이 열린다는 것이다.

우유부단한 사람들은 반드시 이 교훈을 명심해야 한다. 성격이 우유부단한 사람일수록 매사에 좀처럼 단호한 결단을 내리지 못하는 편이다. 단적인 예로 무엇을 해도 확실한 구석이 없다. 이런 성격의 소유자들일수록 연애를 하더라도 상대에게 확실한 믿음을 주지 못해 도중에 상대로부터 결별 통보를 받을 확률이 높다.

독일의 시인이자 극작가로 유명한 괴테는 "세상에서 가장 불행한 사람은 우유부단한 사람이다."라고 말했다. 또 그는 "실패를 두려워하지 말라."고 단호하게 말했다. 어떤 행동을 일으켜서 실패하는 것보다 자신의 결단을 내리지 못하는 습관을 더 두려워하라는 충고였다. 이럴 수도 없고 저럴 수도 없다며 헤매는 것은 어느 쪽도 버리지 않으려 들기 때문에 결단을 내리지 못하는 것이다.

결단을 내린다는 것은 다른 무엇인가를 버리는 일이다. '두 마리 토끼를 한번에 잡는다'는 말이 있긴 하지만 현실적으로는 '두 마리 토끼 쫓는 자는 한 마리 토끼도 얻지 못한다'는 말이 더 와닿는다.

결단이 빠른 사람은 일단 어떤 일이든 결정을 하면 그것이 최선의 조건이라 여기고 강력하게 추진한다. 일이 잘 풀리든 풀리지 않든 모든 것을 일의 흐름에 맡긴다. 잘될 것이라는 확신을 가지고 오로지 앞으로만 전진해 나아가는 것이다. 이처럼 과감한 결단력을 가진 사람은 죽이 되든 밥이 되든 일단 하나에 올인해서 시쳇말로 끝장을 낸다. 결과가 설령 실패로 끝났다고 할지라도 실패에 연연하지 않고 또다시 새로운 일을 선택한다.

인생에서 우리에게 주어진 시간은 한정되어 있다. 영원하지 않는 제한적인 시간속에서 많은 일을 성취하려면 어떤 비결이 필요하다. 그 비결이 바로 '과감한 결단'인 것이다. 이러지도 못하고 저러지도 못한 채 무의미하게 우왕좌왕한다면 그것은 시간을 의미없이 흘려버리는 일이다.

우유부단함은 결코 좋지 않은 분위기, 즉 '미적지근함'이라는 바이러스를 주변 사람들에게까지 감염시킨다. 그런 사람을 상사로 두게 되면 직장의 분위기는 한없이 느슨하고 어두워진다. 가정에서도 마찬가지다. 부모의 생활이 물에 술 탄 듯 술에 물탄 듯 늘 밋밋하게 이어지면 자녀들 또한 급한 게 없이 언제나 만사태평한 자세로 일관하게 된다. 새로운 발전이 없는 것이다.

우리는 '만약 실패한다면'이라는 확실하지 않은 말을 사용할 필요가 없다. 스스로 잘 판단해서 결정한 이상 '잘될까?' 하는 식의 불안한 생각도 버려야 한다. 오직 한 길 자신이 결정하고 선택한 길을 앞만 보고 달려가야 한다. 마음 한구석에 도망갈 구멍을 만들어두고 실패하면 그곳으로 숨으려 한다면 그것은 잘못된 생각이다. 도망갈 구멍을 만들어놓는다는 것은 이미 실패 쪽에 더 무게를 두고 있다는 뜻이기도 하다.

긍정의
긍정적인 삶을 만들어가는 습관
플러스 사고를 해라

노벨물리학상을 수상한 유명한 물리학자 '에사키 레오나'는 언젠가 언론과의 대담에서 일본인과 미국인의 사고방식 차이에 대해서 이렇게 말했다.

"미국인은 목표의 80퍼센트를 달성하면 "Very Good!"이라고 평가하고, 60퍼센트 정도면 "Good!", 20~30퍼센트 정도라도 "OK!"라고 말한다. 일본인은 미국인들과는 다르다. 그들은 "Very Good!"이나 "Good!"이라는 것에 인색하다. 80퍼센트 정도 일을 잘 처리했다 하더라도 "OK"라고 평가하며, 60퍼센트 정도인 경우에는 "반성의 여지가 있다."고 말한다. 특히 목표를 100퍼센트 달성하지 못하면 절대로 성공했다고 평가하지 않는다."

에사키 레오나의 말은 틀림없이 일본인에게는 강박관념과도 같은

'완벽주의'가 있다는 것을 의미한다. 다른 말로 하면 잘못한 부분을 엄격한 시선으로 바라본다는 것이다. 어쩌면 일본인들의 이런 엄격함이 20세기 일본 경제를 구축해 왔다고도 할 수 있다. 그들의 완벽주의는 인정해 주고도 남을 일이다. 하지만 어떤 상황에서도 절대 실패한 부분으로 시선을 돌리지 않는 미국식 사고, 즉 플러스 사고가 매우 중요하다는 것에 주목할 필요가 있다.

매사에 잘못을 지적하기보다는 잘한 부분으로 시선을 돌리는 미국식 사고방식은 긍정이다. 어떤 일의 잘된 부분, 좋은 부분으로 시선을 돌린다는 것은 '지난 일에 연연하지 않는다'는 의미이기도 하다. 무슨 일이든 잘못된 면, 부정적인 면에 사로잡혀 괴로워하고만 있으면 끝내 적극성은 가질 수 없다. 물론, 그렇다고 해서 부정적인 면을 보지 말라는 것은 아니다. 실패는 실패로 받아들이고 냉정하게 대응할 필요가 있다. 다만 언제까지나 그 일에만 사로잡혀 있어서는 안 된다는 것이다. 심리적으로 백해무익하기 때문이다.

일을 추진함에 있어서 전체적으로 볼 때 설령 실패한 일이라 할지라도 그 속에 숨어 있는 긍정적인 면으로 시선을 돌리는 습관을 갖는 것은 매우 중요하다. 이를 테면 '50퍼센트는 실패했지만 나머지 50퍼센트는 성공했다'고 플러스 사고를 하는 것이다.

'무의미한 적극성보다는 의미 있는 소극성이 얼마나 더 적극적인지 모른다'는 말이 있다. 다시 말해 모든 일의 긍정적인 면에 눈을 돌리면 적극적으로 새로운 첫발을 내딛을 수 있다는 말이다.

독소의 주범,
긍정적인 삶을 만들어가는 습관
화를 죽여라

'화를 다스리지 못하면 재앙을 부른다'는 말이 있다. 또 '너무 자주 화를 내면 결국에는 화도 내지 못하는 불행한 몸이 되어버린다'는 말도 있다. 적어도 이 말을 진지하게 되새겨볼 필요가 있다.

실제로 지인 중에 몇 년 전 한 순간에 불행한 몸이 되어버린 사람이 있다. 그는 평소 버럭 화를 내는 습관을 지니고 있었다. 근본적으로 나쁜 심성을 가진 사람은 아니지만 지나치게 다혈질이라서 가족들이나 직원들에게 큰 소리로 화를 내는 일이 비일비재했다. 그런 성격 때문에 자녀나 아내와의 관계도 그리 좋지 않았고, 회사에서도 직원들이 그의 눈치만 살피는 습관이 생겼을 정도였다. 그가 쓰러지던 날도 사소한 일로 아내에게 화를 내다가 그만 뇌졸중이라는 돌이킬 수 없는 병을 얻게 된 것이다.

사소한 일에도 울컥 화를 내며 쉽게 흥분하는 사람, 즉 다혈질인 사람은 대부분 고혈압 때문에 고생을 한다. 혹은 고혈압 외의 다른 병 때문에 괴로워하는 편이다. 그렇다면 '화'라는 것이 그렇게 독한 것일까? 결론부터 말하자면 쓸데없는 화는 수명을 단축시킨다고 단언할 수 있다.

하버드 대학교의 게이츠 교수가 실시한 유명한 실험 하나가 있다. 우선 한 환자에게 고무관을 물도록 했다. 고무관을 차갑게 해놓았기 때문에 호흡 중에 발생하는 가스는 액체로 변한다. 그 액체는 고무관에 연결되어 있는 시약 속으로 흘러 들어가게 되어 있다. 환자의 마음이 평온하고 기분이 좋을 때, 시약에는 아무런 변화도 일어나지 않았다. 잠을 잘 때도 마찬가지다. 그러나 환자가 갑자기 화를 내면 시약 속에 갈색 침전물이 생겼다. 그 갈색 침전물을 추출하여 쥐에게 주사했더니 쥐가 미친 듯이 날뛰다가 곧 죽어버렸다는 사실이다.

게이츠 교수는 사랑하는 아들이 죽어 깊은 슬픔에 빠진 어머니를 대상으로 같은 실험을 한 적이 있다. 이 경우에서도 역시 시약 속에 갈색 침전물이 생겼다고 한다. 그는 이와 같은 여러 실험을 통해서 다음과 같은 결론을 이끌어냈다. 화, 슬픔, 불안, 공포, 걱정, 증오, 미움 등과 같은 정신 상태에 있을 때, 인체에서는 어떤 물질이 생성되는데 그 물질에는 매우 강력한 독성이 있다는 것이다. 독사의 경우에는 자신의 독을 축적해두는 주머니가 있다. 그리고 그 주머니에서 나온 독은 밖으로 안전하게 내뿜을 수 있도록 되어 있다. 즉, 자신에게는 해가 없는 것이다. 그러나 인간은 독사와 같은 신체 구조로 되어 있지 않다. 자신이 만든 독은 그대로 몸 속을 돌아다닐 수밖에 없다. 그렇기 때문에 독을 만들어서는 안 된다. 그 독이 몸 속 구석구석을 돌아다니면서 병을 만들기 때문이다.

우리의 뇌에서 분비되는 신경전달 물질들 중에는 '엔도르핀'이라는 것이 있다. 즐거운 일, 기분 좋은 일이 생겼을 때 엔도르핀이 발생하는데 이 호르몬은 거의 마약과 흡사하다. 때문에 몸의 컨디션이 좋지 않은 상황에서도 아주 기쁜 소식을 들으면 몸이 날아갈 것처럼 가벼워지고, 통증을 느끼기에 충분할 만큼 넘어져도 그 통증을 못 느낄 만큼 인체에 긍정적인 영향을 미치는 호르몬이다. 반대로 우리가 화를 내거나 분노를 느낄 때에는 뇌에서 노드 아드레날린이라고 하는 호르몬이 분비된다. 그런데 이 호르몬은 우리 몸에 아주 해롭게 작용한다. 실제로 오랜 기간에 걸쳐서 스트레스를 받아온 사람의 동맥에는 수많은 상처가 나 있는데 이것은 스트레스성 호르몬인 코르티솔의 분비 때문인 것으로 알려져 있다.

우리가 화를 내면 아드레날린과 코르티솔 등의 호르몬이 분비된다. 이로 인해 혈압이 올라가고 맥박이 빨라지며, 심장 혈관 내벽이 손상될 뿐만 아니라 같은 일이 반복되면 심장병, 고혈압, 동맥경화, 소화장애 같은 질병에 걸리기 쉽다. 심지어는 뇌세포가 손상되어 치매에 걸릴 확률도 높아진다.

그렇다면 이제부터는 습관을 바꿔야 한다. 특히 다혈질이어서 화를 자주 내는 사람이라면 화를 내지 않도록 자신의 감정을 조절하는 노력을 기울여야 한다. 자신의 오래된 성격을 바꾸는 일이니 결코 쉽진 않다. 하지만 반드시 바꾸는 것만이 자신을 위한 길이라는 것을 명심해야 한다.

희망의 자기 최면을
긍정적인 삶을 만들어가는 습관
걸어라

사람의 몸에서 혈액이 가장 격렬하게 순환하는 부분은 뇌세포로 알려져 있다. 뇌세포의 혈액이 깨끗하여 언제나 신선한 양분을 운반하고 있다면 많은 일을 해도 우리의 뇌는 피로를 느끼지 않는다. 하지만 걱정, 불안, 두려움, 의심 등 쓸데없는 고민 때문에 생긴 독이 혈액에 섞이면 그 순간부터 뇌의 활동은 둔화된다. 마음의 걱정거리로 인해 생겨난 독액이 뇌세포에 공급되므로 뇌의 활동이 이상해지는 것은 어쩌면 당연한 일이다.

살면서 아무런 걱정이나 고민없이 살 수는 없다. 설령 물질적으로 많은 것을 가졌거나 명예 높은 지위를 가졌다할지라도 누구나 크고 작은 갈등과 걱정을 하며 산다. 행복을 방해하는 크고 작은 일들이 시시각각 생겨나기 때문이다. 다만 가능한 한 그런 걱정이나 고민들에 사로잡히지 않도록 노력하는 것이다. 인생 경험이 풍부한 사람들일수록 이런 말을 하곤 한다. '죽고 사는 일 아니면 툴툴 털어버리고 잊고 살아가라'고 조언한다. 생사를 결정짓는 아주 심각한 일이 아니라면 속앓이를 하지 말고 빨리 버리라는 것이다. 그것이 마음건강에 좋기 때문이다.

우리가 고민하고 갈등하며 괴로워하는 문제들의 대부분은 사람으로부터 비롯된다. 따라서 특히 사람을 거느리는 리더의 입장이라면 자신의 사람들을 신뢰해야 한다. CEO가 '내가 지켜보지 않으면 직원들이 무슨 짓을 할지 모른다'는 식의 고민을 한다면 그야말로 쓸데없는 일이다. '긁어서 부스럼 만든다'는 말처럼 실제로 걱정, 불안, 두려움, 의심 등의 쓸데없는 고민을 반복하면 실제로 그런 일이 현실에서 일어난다. 이것이 바로 '마음의 법칙'이다.

'병에 대해 걱정을 하면 병을 부른다'는 것도 일종의 마음의 법칙, 즉 '인과의 법칙'이다. 이 때문에 옛날부터 '환자와 가까운 사람이 간병을 해서는 안 된다'는 말이 있다. 가족이나 친척 등 환자와 가까운 사람이 간병을 하는 것은 오히려 환자에게 도움이 안 된다는 것이다. 가까운 사람일수록 환자 앞에서 걱정스러운 얼굴이나 슬픈 표정을 짓게 되고 이로 인해 환자는 자신의 병이 중증임을 민감하게 포착한다. 결국 필요 이상의 걱정, 불안, 두려움 등 쓸데없는 고민에 휩싸이게 된다. 병에 대해 고민할수록 증상은 더욱 악화될 뿐이다.

'좋지 않을 때 허둥지둥하기 때문에 더욱 좋지 않은 일을 맞이하게 된다'는 말이 있다. 몇 년 전까지만 해도 친척인 A는 위가 좋지 않아 상당히 고생한 적이 있다. 무엇을 먹더라도 위가 아파왔고 급기야 아무것도 먹을 수 없게 되었다. 이 병원 저 병원 다녀보며 여러 가지 약을 먹어 보았는데 약을 먹으면 그대로 토해버릴 정도였으니 그에게는 하루하루가 괴로운 나날이었다. 놀랍게도 지금 A는 완전히 건강을 회복했다. 특효약은 마음가짐의 변화였다. 그는 음식을 섭취할 때마다 '이 음식은 소화가 잘된다고 하니까 절대 토하지 않을 거야'라는 자기 최면을 걸면서 음식을 먹었다고 한다. 또 '나는 분명히 위의 통증으로부터 벗어날 거야. 그럴 수 있어'라는 생각을 반복했다고 한다. 물론 음식물 종류나 섭취량에 각별히 신경을 쓰고 한두 가지 약은 꾸준히 복용했다고 한다.

예로부터 전해온 '병(病)은 기(氣)에서'라는 말이 있다. 여기서 '기'란 생명 에너지를 말한다. 생명 에너지가 저하되면 우리는 병에 걸린다. 생명 에너지를 키우기 위해서는 '내 병은 반드시 낫는다'고 굳게 믿어야 한다. 이에 대한 강렬한 인식은 자연 치유력과 밀접한 관계가 있다.

걷든지 만지든지

긍정적인 삶을 만들어가는 습관

발을 움직여라

'발이 건강하지 못하면 만병의 근원이 될 수 있다'는 말은 국내외를 막론하고 이미 오래전부터 전해져 오고 있는 건강상식이다. 그러니 발 건강의 중요성을 강조하는 일은 두말하면 잔소리가 된다. 발이 건강에 미치는 영향력이 큰 만큼 최근 들어서는 기능성 신발이 붐을 이루고, 남녀노소를 막론하고 걷기운동이 누구에게나 좋은 운동으로 불린다.

발과 관련된 도서 중에 『더러운 발이 만병의 근원이었다』는 제목의 책을 빼놓을 수가 없다. 이미 30여 년 전 일본에서 출판되어 출간된 지 6개월 만에 25만 부가 팔리면서 베스트셀러가 되었는가하면 지금도 여전히 대만과 일본 등지에서 스테디셀러로 불릴 만큼 유명한 책이다.

이 책의 저자는 대만 출신의 작가 간유보다. 그는 '족심도 비술'의 연구가로서 그간 강연활동도 왕성하게 벌여왔다. 그의 족심도는 자연의 이치에 맞는 건강학이라는 평가를 받으면서 많은 독자들과 팬을 확보하고 있다. 그러니 족심도를 실천하면서 건강에 문제가 있던 사람들이 쾌유되는 경험을 했다는 사례 또한 부지기수라고 한다.

간유보의 족심도의 핵심은 다리를 비벼서 혈액순환을 원활하게 해주는 데 있다.

우리의 몸은 수십 조 개나 되는 세포로 이루어져 있으며, 그 세포에 산소와 영양을 공급하는 것이 바로 혈액이다. 혈관은 크게 세 가지로 분류할 수 있다. 첫째는 동맥으로 신선한 산소와 영양분을 운반하며, 둘째는 모세혈관으로 그 산소와 영양분을 세포에 전달하고 탄산가스와 노폐물 등의 찌꺼기를 받아낸다. 그리고 또 다른 하나는 정맥으로 체내에서 생긴 탄산가스와 노폐물을 신장과 간장 등으로 옮기는 역할을 한다.

산소와 영양분을 가득 실은 혈액은 심장에서 밀려 나와 동맥을 타고 몸 구석구석까지 운반된다. 그리고 모세혈관을 통해 각각의 세포에 산소와 영양을 보급한다. 그런 다음 혈액은 세포로부터 여러 가지 노폐물을 받는다. 그리고 이어서 심장으로 향하는 모세혈관으로 들어간다. 그런 다음 정맥으로 들어가 이동하고 신장에서 노폐물을 여과한 뒤 심장으로 돌아간다. 이런 순환의 반복 덕분에 우리의 생명이 유지되고 있는 것이다.

이처럼 철저하게 규칙적인 활동을 반복하는 혈액의 흐름이 막히게 되면 건강에 문제가 발생한다고 한다. 우리의 발은 심장에서 가장 멀리 떨어져 있다. 온몸의 무게를 오롯이 받아내야 하는 발바닥은 특히 혈액이 정체하기 쉬운 곳이다. 모세혈관이 종횡무진으로 얽혀 있기 때문에 노폐물이 쌓이기도 쉽다. 이 때문에 제 2의 심장으로 불리는 발바닥의 혈관들이 활발하게 활동하지 못하면 건강에 장해가 일어나는 것은 당연한 일이다. 따라서 족심도에서 강조하는 발바닥을 철저하게 비비는 것은 아주 단순한 것임에도 불구하고 우리의 건강에는 아주 큰 역할을 한다는 것을 의미한다.

걷기 열풍이 불고 있다. 너도 나도 걷기운동이야말로 유산소운동으로서 최고의 운동이자 다이어트는 물론이고 마음건강에도 매우 효과적이라고 말한다. 중요한 것은 실천이다. 족심도에서처럼 습관적으로 규칙적으로 발을 비벼주고 만져주던지 아니면 매일같이 30~40분씩만이라고 걷는다면 우리의 발바닥 모세혈관들은 혈액이 활발하게 움직이면서 우리의 건강을 지켜주는 수호신이 될 수 있을 것이다.

베풀고
긍정적인 삶을 만들어가는 습관
또 베풀어라

"기근의 때일수록 탁발을 하라."

부처님은 제자들에게 이렇게 말했다고 한다. 기근 때문에 수확이 없어 농민들이 굶주리고 있는데 가난한 농가를 일일이 돌아다니며 시주를 받아오라고 한 것이다. 대체 부처님은 왜 제자들을 가난한 사람들의 집으로 향하게 한 것일까?

이는 '베풀면 베풂을 받는다'는 자연의 법칙을 가르치기 위해서라고 한다. 자기 혼자 부를 쌓아 부자가 되려는 마음을 고쳐먹도록 유도하려는 것이다.

종교는 서로 통하는 구석이 있다. 예수는 "남에게 베풀라. 그리하면 자신도 얻을 것이다."라고 말했다. 그러니 부처님과 예수님이 똑같은 교훈을 우리에게 심어주고자 한 것이다.

'일립만배(一粒萬倍)' 라는 사자성어가 있다. 겨우 한 알갱이의 씨앗이 천 배, 만 배로 불어난다는 의미다. 쉽게 말해 뿌린 대로 거둔다는 얘기다. 하지만 씨앗을 뿌리지 않으면 아무런 변화도 일어나지 않는다. 사람들에게 친절의 씨앗을 뿌리면 자신에게도 친절이 되돌아온다. 남을 믿으면 자신도 신용을 얻게 된다. 하지만 남에게 상처를 주면 자신도 곧 상처를 받게 되어 싸움이 일어나고 만다. 자신이 뿌린 씨앗은 백배 천배가 되어 돌아온다.

욕심이 지나쳐 탐욕을 부리는 사람들은 타인에게서 빼앗을 생각만 한다. 그런 사람은 타인을 짓밟고 일시적으로는 거대한 부를 얻거나 그럴듯한 지위에 오르게 된다. 하지만 그것은 결코 오래가지 못한다. 순간에 불과하다.

주위를 둘러보면 그런 예는 얼마든지 찾아볼 수 있다. 교활하고 약아빠진 행동으로 자기만의 이익을 생각하는 사람은 언젠가는 반드시 좌절을 맛보게 된다. 그것이 자연의 법칙이다.

아이러니컬하게도 이와는 반대되는 말도 있다. '정직한 사람이 손해를 본다' 는 말이다. 부지런히 성실하게 살아가는 착한 사람보다도 약삭빠른 사람이 더 많은 부를 축적하는 일이 있긴 하다. 나쁜 일만 일삼는 사람이 많은 돈을 벌어 편안한 생활을 하고 있는데 반해 정직한 사람이 오히려 돈을 못 버는 일도 있다. 그렇다면 착하고 정직한 사람보다 탐욕스러운 악인이 더 훌륭한 것일까?

고대 로마의 대표적 철학자 루키우스 안나이우스 세네카는 그의 저서 『베풂의 즐거움』을 통해 사람살이의 가장 중요한 행위인 '은혜' 에 대해 말한다. 개인주의자였던 그가 말년에 이르러서는 은혜를 통해 형성되는 인간관계, 즉 '너와 나의 구체적이고 끊을 수 없는 사회관계'에 대해 고심했다고 한다. 따라서 그는 이 책에서 베풂을 통해 끈끈하게 얽혀들어 무너지지 않는 관계의 철학을 말했다. 서로가 서로를 무조건적으로 돕고 함께 기뻐하는 사회관계를 그린 것이다.

흔히 사람들은 "그래도 우리 사회가 이만큼이라도 유지되는 것은 착한 사람들이 더 많기 때문이야."라고 말한다. 맞는 말이다. 인류의 역사를 보더라도 최종적으로는 선(善)이 승리를 거둔다. 그 때문에 인류가 지금까지 발전할 수 있었던 것이다. 이것이 바로 자연의 법칙인 것이다.

세치 혀를

긍정적인 삶을 만들어가는 습관

조심하라

'발 없는 말이 천리 간다'

'이미 엎질러진 물은 다시 담을 수 없다'

'말 한마디에 천냥 빚을 갚는다'

이 속담들의 공통분모는 말을 할 때는 주의에 주의를 거듭하라는 얘기다. 우리의 일상생활에서 이러한 경우를 흔히 찾아볼 수 있다. 예를 들자면, 해서는 안 될 말을 해서 상대방을 화나게 만들 때가 있다. 상대방의 화난 얼굴을 보고 나서야 비로소 자신이 한 말이 잘못된 것임을 퍼뜩 깨닫는다.

말은 입 밖으로 나오는 순간 더 이상 수습할 수 없는 특징을 지녔다. '지금 한 말은 취소'라며 변명을 해봐야 때는 이미 늦는다. 한번 뱉은 말은 지울 수 없기 때문이다. 화가 난 상대방이 흥분 상태에 있을 때 어설픈 변명을 하면 상대방은 더욱 분노하게 된다.

신문이나 텔레비전을 보면 매일같이 각종 사건이 보도된다. 자식이 부모를 금속 방망이로 때려 죽였다. 술집에서 손님들끼리 시비가 붙어 싸움이 일어나고 급기야 부엌칼로 상대방을 찔렀다는 등등의 무서운 사건을 보면 하나같이 말이 시발점이 돼서 생긴 일이다.

결정적인 말실수를 한 사람들의 입장은 늘 이렇다. 상대방이 기분 나쁜 말을 했기에 그 말에 자기도 모르게 화가 나서 그만 돌이킬 수 없는 말실수를 저질렀다는 변명이다. 말로 인해 싸움이 발생하면 그 말이 곧 사람을 찌르는 흉기로 변해버리는 것이다.

사람들은 자신이 무시당했다고 생각될 때 가장 화를 잘 낸다고 한다. 다시 말해 인간은 자아나 자존심에 상처를 받았을 때 화를 낸다는 것이다. 대부분의 사람들은 누군가의 말에 무조건 화를 겉으로 드러내지는 않는다. 화가 나도 일단 그것을 가만히 눌러 참는다. 그런데 거기다 대고 눈치코치 없이 자꾸만 상대방의 기분을 상하게 하는 말을 또 하게 되면 일은 돌이킬 수 없는 지경에까지 이르게 된다. 상대방은 꾹꾹 눌러 참고 있었기 때문에 일단 폭발하면 걷잡을 수가 없다. 결국에는 살인이라는 최악의 형태로 폭발하게 될지도 모르는 것이다.

상대방이 흥분 상태에 있을 때, 그 원인이나 이유를 따지거나 책임을 논하는 일은 뒤로 미루는 것이 좋다. 그보다는 먼저 상대방의 말을 전부 들어주는 것이 현명한 방법이다. 예를 들어 젊은 신입사원이 상사에게 야단맞은 까닭에 분을 참지 못한 채 흥분해 있다고 하자. 이때 "H씨

입장 이해가 됩니다. 나름대로 열심히 최선을 다하고 있는데 그런 말을 들으면 화가 날 수밖에 없죠."라고 동조를 해주면 상대방도 점점 할 말이 없어져 마음을 가라앉힐 수 있다. 거친 방법처럼 보이지만 이것이 마음을 진정시키는 최선의 방법이다.

어쨌든 말은 '양날을 지닌 칼'이다. 더욱이 요즘은 정보통신 기술의 발달로 화가 나서 던진 말 한 마디 또는 아무 생각 없이 뱉은 말 한 마디가 순식간에 일파만파 퍼져 나가면서 한 사람의 앞길을 좌우하는 일이 발생하기도 한다. 정치인, 지식인, 연예인 등등 유명인일수록 말 한 마디 잘못해서 엄청난 대가를 치르는 사람들이 수시로 발생한다. 방법은 하나밖에 없다. 말을 아끼는 것이다. 말을 하기 전에 몇 번이고 생각한 다음에 하라는 선인들의 조언을 그 어느 때보다도 달게 받아들여야 하는 때이다.

자투리 시간을

긍정적인 삶을 만들어가는 습관

알차게 활용해라

　'사서 고생한다'는 말이 있다. 굳이 하지 않아도 될 일을 만들어서 자기 몸만 고달프게 사는 사람들을 두고 하는 말이다. 그들은 제멋대로 감당할 수 없을 만큼 일을 만들어놓고 '괴롭다', '힘들다'라고 떠들어댄다. 마치 스스로 불을 활활 피워놓고 '뜨거워, 뜨거워'라고 외치는 것과 다를 바 없는 짓이다.

　사람들 중엔 남에게 바쁘게 보이려는 경향이 있는 사람들이 적지 않다. 그들은 주변사람들을 만날 때마다 '너무 바빠', '몸이 열 개라도 모자라'라고 말하면서 소위 바쁜 척을 한다. 하지만 그런 사람들의 일상을 들여다보면 그다지 중요하지도 않은 잡무에 휘둘리는 것이 스스로를 바쁘게 하는 원인임을 알 수 있다. 이것은 또 시간을 헛되이 낭비하고 있다는 얘기이기도 하다.

돈이 든 지갑을 잃어버리면 손해를 봤다는 사실을 바로 알 수 있다. 하지만 하루의 생활 속에서 시간을 헛되이 썼다는 사실에는 둔감하다. 아무렇지도 않게 흘려보내고 있는 시간에 대해서 다시 한 번 생각해 볼 필요가 있다. 헛되이 보내던 시간을 유용하게 활용하면 상당한 돈을 버는 일 못지않게 소중한 그 무언가를 얻게 된다.

우리의 하루 일과 속에는 커다란 의미가 없는 자투리 시간이 여러 군데 산재해 있다. 예를 들어, 출퇴근 시 전철에서 보내는 시간, 업무 시간 전 회사에 도착해서 자신의 책상에 앉았을 때, 점심 식사를 마치고 일을 시작하기 전까지의 시간 등은 자투리 시간이라고 할 수 있다. 누군가를 찾아가서 기다리느라 보내는 몇십 분 역시 자투리 시간의 대표적인 예다. 그다지 의미가 없는 잡담을 나누는 시간도 그렇다. 이처럼 생각 없이 흘려보내는 시간이 하루 중 꽤 있다.

'시간은 금이다'라는 말을 어린 시절부터 들어왔음에도 불구하고 사람들은 5분이나 10분이라는 시간을 그저 짧은 시간이라고 여기고 무시하는 경향이 적지 않다. 하지만 하루 동안 자신의 행동을 한번 돌아보면 놀랄 만큼 많은 자투리 시간이 있었다는 사실을 알게 될 것이다. 그 대부분의 시간을 무의미하게 흘려보내고 있다는 사실도 깨닫게 될 것이다.

헛되이 흘려버린 시간이 많다고 생각된다면 이제부터는 자투리 시간을 적극적으로 유용하게 활용해 보자. 일의 능률도 훨씬 더 오를 것이다. 시간을 벌었기 때문에 휴일에 일에 관한 것을 완전히 잊고 마음껏 쉴 수도 있을 것이다.

자투리 시간을 활용하기 위해서는 평소부터 틈틈이 그 시간에 해야 할 일을 메모해두어야 한다. 이를 테면 10분 정도 자투리 시간이 났다고 치자. 그때 얼른 메모를 보는 것이다. 그리고 메모해두었던 일들을 즉석에서 실행에 옮기는 것이다.

'부모님께 전화하기', '선물을 준 이들에게 감사의 문자 메시지 보내기', '전날 사용한 영수증 정리하기' 등등.

'Best time'을

긍정적인 삶을 만들어가는 습관

찾아내자

'사람의 두뇌 활동이 가장 활발해지는 때는 오전 10시와 오후 3시다' 라는 말이 있다. 과연 이것을 믿어야 할까? 나는 반드시 맞는 논리라고 생각하지 않는다. 사람에 따라 활동시간이나 영역이 제각각이기 때문이다.

나와 내 주변사람들의 예를 들어보면 이런 식이다. 나는 강의가 없는 날이면 새벽 4시에 일어나서 컴퓨터를 켜고 원고작업을 한다. 가족들이 일어나는 7시 전까지의 세 시간은 나에게 최고의 시간이다. 집중력이 가장 높은 시간대인데다 낮 시간에 시간이 있다 할지라도 사무실에 누군가 방문하거나 전화가 오면 일에 대한 집중력이 떨어진다.

디자인을 하는 친구인 D는 저녁 6시부터 10시 사이가 가장 집중력이 높아 일에 대한 효과 또한 좋다고 한다. 낮 시간에는 직원들과 함께 일하거나 거래처 담당자와 미팅 또는 전화통화를 하게 되므로 일에 대한 집중력이 약해진다고 한다. 그 역시 누구에게도 방해받지 않는 저녁 시간이 그의 눈과 머리를 빛나게 만들 수 있는 시간인 것이다.

프리랜서이면서 독신인 S는 또 다르다. 그는 아침 운동을 한 후 7시부터 11시까지가 일하기 가장 좋은 시간이며 대부분의 아이디어가 이때 떠오른다고 한다. 그러니 10시와 3시가 최고의 시간이라고 하는 설은 일반적인 샐러리맨이나 학생에게만 해당되는 것이다. 그들의 일반적인 활동시간에서 도출된 결론일 뿐이다.

시간대가 다르긴 하지만 하루 중 두뇌 활동이 활발한 시간대와 그렇지 못한 시간대가 있는 것만은 틀림없는 사실이다. 중요한 것은 자신에게 최고의 시간인 '베스트 타임(Best time)'이 언제인가를 확실하게 알아 둘 필요가 있다는 것이다. 정신적으로 복잡하거나 체력적으로 침체기에 해당하는 시간대에는 그다지 중요하지 않은 일, 예를 들자면 서류 정리라든가 전화 거는 일 등을 하면 좋다. 그리고 자신의 '최고의 시간'에는 가장 중요한 일을 하는 것이 이상적이다. 또 이와 동시에 최고의 시간대에는 다른 사람들이 방해하지 못하도록 미리 방법을 강구해 둘 필요가 있다. 휴대폰을 꺼 놓는다거나 작업실 문을 잠그고 일에 몰두하는 것이다. 반드시 이상대로 되지는 않겠지만 이렇게 해두면 일의 능률은 분명히 지금보다 몇 배나 더 오를 것이다.

물리학에 '관성의 법칙'이라는 것이 있다. 정지해 있는 물체는 다른 힘이 작용하지 않는 한 계속해서 정지해 있으며, 움직이고 있는 물체도 다른 힘이 작용하지 않는 한 계속해서 지금의 운동을 유지한다는 원리이다. 우리의 일이나 공부에도 이 법칙을 적용시킬 수 있다. 하루 한 두 시간만일지라도 누군가 아니 어떤 것으로든 방해받지 않고 완전하게 자신만의 시간을 갖고 일을 한다면 그 결과는 매우 좋게 나타날 것이다.

사소한 것에
긍정적인 삶을 만들어가는 습관
힘 빼지 마라

애주가들은 단골 술집을 정해놓고 자주 찾아간다. 샐러리맨 애주가들이 자주 찾는 단골 술집은 고급 요정이나 양주집이 아니다. 평범한 안주에 소주나 맥주잔을 기울이는 흔한 선술집들이다. 그곳에서 그들이 나누는 대화는 주로 회사의 일과 관련된 내용이다. 서로 술을 따라주면서 가볍게 건배를 하면서 일에 대한 이야기를 나누는 그들의 모습은 소시민다운 정감이 넘쳐나고 얼굴에는 웃음꽃이 핀다. 하지만 술이 한 병 두 병 늘어나면서 이야기는 상사나 동료에 대한 험담으로 이어진다. 그리고 결국엔 넋두리처럼 변한다.

"우리 임원들은 늘 꿈과 목표를 가지라고 하지만 그게 가능하냐고. 허구한 날 그날 할 일에 쫓기다 보면 10년 후, 아니 5년 후의 목표나 꿈은 고사하고 당장 며칠 후의 목표나 계획도 세우기 힘들거든. 꿈을 가

56

질 여유 같은 게 있을 리 없지."

"꿈이나 목표는 지금 현재 자신이 하고 있는 일에서 만족을 가져야만 되거든. 솔직히 말해서 지금 일은 재미없거든. 나한테 맞지 않아. 그런데 뭔 놈의 꿈을 꾸냐구."

"나는 우리 부장이 정말 싫어. 사사건건 트집만 잡으면서 아랫사람만 괴롭히는 인간이거든. 하루라도 빨리 그 인간으로부터 벗어나고 싶다고."

조직이라는 틈바구니에 끼여 생활하고 있는 샐러리맨 중에는 이런 사람들이 많다. 지금의 일과 생활이 재미없다거나 조직원 또는 윗사람이 싫다고 하는 것은 그 사람에게 인생의 목표가 없기 때문이다. 어렵게 들어간 직장, 특히 대기업을 몇 년 다니지 않고 사표를 던지는 젊은이들이 적지 않은 것도 그들이 이처럼 현실에 만족하지도 못하고 또 현재의 조직생활 속에서는 자신의 꿈을 이루기 어렵다는 판단에서다. 어떻게 하면 좋을까?

성공한 사람들의 공통된 습관 중 하나는 젊은 날 그들이 일에 미쳐서 살았던 시절이 있었다는 것이다. 그러니 적어도 자신이 원해서 들어간 직장이고 애시 당초 그곳에서 꿈의 기초를 다지겠다는 각오를 했었다면 근무 환경이나 조직의 특성을 탓하지 말고 일단 일에 최선을 다해보는 것이 현명한 자세다. 설령 지금 하는 일이 잘 풀리지 않는다 하더라도, 재미가 없다고 할지라도 지금 이 순간 일에 미쳐서 최선을 다하고 있다고 말할 수 있어야 한다. 그렇게 어느 한 가지에 미쳐서 노력을 기울일 때 자신이 가야 할 방향을 알 수 있기 때문이다. 그리고 그 방향을 향해 걸어가다 보면 틀림없이 누군가가 멋진 조언을 해줄 것이다. 도움을 줄 사람도 반드시 나타날 것이다.

성공학 전문가들은 "어떤 목표든 그 목표를 향해 노력하는 과정에서만 인간의 행복이 존재한다."고 말한다. 맞는 말이다. 목표가 확실하게 정해졌다면 사소한 불만이나 불편함에 에너지를 소모하는 일은 없어야 한다.

나는 종종 후배들에게 이런 말을 하곤 한다.

"사소한 일에 목숨 걸지 마라. 사장이나 상무가 네 맘에 안 든다고 해서 회사를 박차고 나오는 것은 바보 같은 짓이다. 너에게 목표가 있다면 그것만 바라보고 그것을 위해 전력투구해야 한다."라고.

성공하는 삶을 만들어가는 습관

네 믿음은 네 생각이 된다.
네 생각은 네 말이 된다.
네 말은 네 행동이 된다.
네 행동은 네 습관이 된다.
네 습관은 네 가치가 된다.
네 가치는 네 운명이 된다.
마하트마 간디

'조금만 더 노력한다'는
성공하는 삶을 만들어가는 습관
자세가 있는가?

'성패의 갈림길은 겨우 한 걸음의 차이다. 한 발 앞서 나가는 자는 성공하고, 뒤처진 자는 불행을 한탄한다'

사업가들은 '한 걸음의 차이'의 중요성을 이렇게 말하곤 한다. 이를테면 이런 것이다. 프로야구 경기 도중 공을 친 타자가 1루를 향해 달린다. 그때의 판정, 즉 아웃이냐 세이프냐의 희비는 불과 20센티미터 이내에서 갈린다. 한 걸음의 차이도 아니다. 간발의 차이다.

'성공과 실패의 차이는 아주 사소한 데 있다. 하지만 그 사소한 차이에 중요한 의미가 있다'는 격언이 있다. 특목고나 대학 입시에서 합격이냐 불합격이냐는 겨우 1점으로 결판나기도 한다. 그 작은 차이가 한 사람의 운명이나 인생의 흐름을 크게 바꿔놓는 것이다. 어떤 일이든 사소한 차이에 중요한 의미가 있다. 아주 조금이라도 좋으니 지금보다 더 힘을 낸다면 상황은 완전히 바뀌게 될 것이다. 지금보다 10퍼센트만 더 힘을 내면 수입이 몇 배로 증가할 수도 있다.

프로야구를 예로 설명해 보면 이런 것이다. 2할 5푼을 치는 선수와 3할 5푼을 치는 선수의 연봉을 비교해 보면 몇 배의 금액 차이가 있다. 이는 엄청나게 커다란 차이다. 실제로 경기 내용 면에서는 두 사람이 그렇게 커다란 차이가 나지 않는다. 즉, 3할 5푼을 치는 선수가 열 번 중 한 번 더 안타를 치는 것에 불과하다. 2할 5푼을 치는 선수보다 겨우 10퍼센트 더 힘을 내고 있을 뿐이다.

프로와 아마추어의 차이를 말한다면 프로는 작은 차이에도 목숨을 건다는 것이다. 혹자는 프로야구 세계에서나 통하는 얘기라면서 자신과는 관계없는 일이라고 생각할 수도 있겠다. 결코 그렇지 않다.

과연 지금 우리는 정말로 각자 자신의 일에서 전력을 다하고 있을까? 여기서 전력이란 결코 지금보다 두 배, 세 배 더 일하라는 뜻이 아니다. 남들보다 10퍼센트, 즉 반걸음이라도 더 앞서가려고 노력하면 되는 것이다. 흔히 학창시절 입시를 앞둔 수험생들에게 지도교사들은 '네 시간 자면 대학교에 들어가고, 네 시간 반을 자면 대학교에 합격하지 못한다'는 말을 한다. 직장에서의 성공, 사업에서의 성공도 이와 다를 게 없다. 그야말로 간발의 차이, 즉 노력을 반걸음 더 하느냐 하지 않느냐의 차이다.

마음이 밝아야

성공하는 삶을 만들어가는 습관

몸도 건강하다

　　한 명문대학교 의학부의 E교수는 내과영역의 질병 연구, 진단, 치료에 있어서 생물학적 및 심리학적인 방법을 동시에 사용하여 병의 연구, 최종적인 진단, 종합적 치료를 하는 심리내과의 일인자이다. 그는 자신의 저서에서 이렇게 말했다.

　　"고등어를 먹으면 설사를 하는 청년이 있었다. 청년에게 바륨엑스선 진단용 조영제를 마시게 한 뒤 '지금 자네가 마신 바륨 속에는 고등어 엑기스가 들어 있다'고 말하자 청년은 말을 듣는 순간 화장실로 달려갔다. 실제로 고등어 엑기스는 들어 있지 않았는데도 설사 증세를 보인 것이다."

　　E교수의 말에 의하면 설사의 원인은 일종의 공포심 때문이라는 것이다. 마음이 몸을 지배하고 있다는 얘기다. 이런 예는 흔히 찾아볼 수 있다. 예를 들어 마음고생이 심하면 위가 짓무르거나 위 점막에 출혈이 생긴다.

또한 격렬하게 화를 내면 위가 충혈된다고 한다. 심장도 마찬가지다.

재미있는 실험 결과가 있다. 다른 곳에는 전혀 이상이 없는데 유독 심전도에서만 이상을 보이는 환자가 있었다고 한다. 몇 번 다시 조사를 해봐도 결과는 같았다. 그래서 환자가 잠들어 있을 때 심전도를 측정해 보았더니 정상으로 나타났다. 그 결과를 환자에게 알려주고 다시 측정해 보니 정상적인 데이터가 나왔다고 한다. 이 사람은 심전도를 측정한다는 사실에 상당한 불안을 느꼈기 때문이라는 것이다.

만병의 근원은 마음으로부터 시작된다는 말처럼 '마음의 작용'이 우리 몸의 내장기관을 지배한다는 것은 이미 의학적으로 밝혀진 사실이다. 불안, 고민, 걱정, 긴장, 공포 등의 감정이 발생하면 자율신경의 움직임에 이상이 생긴다. 이 때문에 내장 기관도 고장을 일으키는 것이다. '병은 기에서 나온다'는 오랜 속담과도 일맥상통하는 것이다.

한 의학 통계자료에 따르면 내과를 찾는 환자 두 명 중 한 명은 정신 질환에 해당한다고 한다. 다시 말해 마음, 즉 '기'에서 생겨난 병인 것이다. 이들 환자의 80퍼센트는 가정불화를 병의 원인으로, 가정불화 중에서도 부모와 자식 사이의 갈등이 30퍼센트, 부부간의 갈등이 22퍼센트, 고부간의 갈등이 28퍼센트라고 한다. 고부간의 갈등 또한 28퍼센트로 높은 비율을 차지했다고 한다.

'행복과 불행은 마음가짐에 달려 있다'는 말이 있다. 건강한 신체를 유지하기 위해서는 평소 밝은 마음가짐을 갖는 것이 중요하다. 마음 즉 '기'를 해치지 않는 습관을 들이는 것은 반드시 필요한 일이다.

자연에 가까이

성공하는 삶을 만들어가는 습관

다가서라

현대 문명은 대자연을 파괴하면서 정신없이 앞만 보고 달려왔다. 21세기인 지금도 마찬가지다. 이 같은 고도성장 속에서 대자연의 균형은 조금씩 파괴돼 가고 있다. 대기오염을 비롯한 각종 공해가 도시를 뒤덮고 있다. 현대인들은 이제 와서야 다급하게 "대자연을 파괴하지 말자.", "자연으로 돌아가자."라고 외친다.

프랑스의 문학자이자 계몽사상가인 루소는 '자연을 되살리려면 어떻게 해야 하는가?'를 여러 각도에서 고심한 사람이다. 그가 남긴 명언 중 하나가 바로 '자연으로 돌아가라'다. 루소는 1778년 죽었다. 자그마치 지금으로부터 약 240여 년 전에 자연의 위기를 직시한 것이다. 그는 우리에게 '대자연보다 더 좋은 교육자는 없다'는 교훈을 남겼다. 이제라도 늦지 않았다. 우리는 대자연의 섭리를 겸허하게 받아들여야 할 때다.

인간의 교육도 마찬가지다. 자연계의 섭리에서 그 방법을 배워야 한다. 이를 테면 식물을 기르는 방법, 즉 농업실습과 체험으로 교육하는 것이다. 인간의 성숙은 수목의 생장과 원리가 같기 때문이다. 둘 다 성숙할 때까지는 나름의 시간이 필요하다. 토양이나 비료의 좋고 나쁨, 손질하는 방법이 수목의 생장에 영향을 주듯 인간에게도 환경이 중요하다. 인간은 자연계에서 탄생한 생물이다.

인간의 교육을 근대 문명의 '공업법'으로 적용하려 한다면 그다지 효과를 보지 못할 것이다. 속성으로 틀에 맞춘 대량생산식 교육으로는 안 된다. 인간의 교육은 자연 농법의 세심함 없이는 싹이 트지 않는다. 인간은 대자연이라는 고향 속에서 살아가고 있다. 태양, 산천, 초목, 대지와 함께 생활하는 것이 자연스러운 것이다. 그럼에도 불구하고 현대인들은 자연과 접할 기회가 점점 줄어들고 있다. 특히 도회지에서 생활하는 사람들은 그런 경향이 더 강하다. 좀 더 자연으로 돌아갈 필요가 있다.

태양이 찬란하게 빛나는 대자연 아래 살아가고 있다는 사실을 자각하기 위해서 산길을 걸어보는 것은 좋은 일이다. 이 때문에 요즘 트래킹은 전 세계적으로 웰빙여행의 한 갈래가 되었다. 시골을 여행하는 것은 더욱 좋다. 마찬가지로 자연속에서 느림의 미학을 체험하는 슬로우시티 여행도 각광받고 있다. 때로는 홀로 고독에 잠겨 밤하늘의 달이나 별을 바라보는 것은 낭만적인 일이기 이전에 인간과 자연의 아름다운 조화인 것이다. 어떤 방식으로든 자연을 보다 가까이 접하는 것은 매우

유익한 일이다.

그렇다면 일주일에 한 번 또는 한 달에 한 번 정도 자연을 접하는 기회를 의도적으로라도 만들어 습관화하는 것이 좋다. 산이든 들이든 농촌이든 바다든 자연과 접하는 기회가 많아지면 우리의 마음도 점점 우주처럼 넓어지고 자유로워진다. 자연 속에서 생각을 하면 일상에서의 사소한 일은 사라져버리고 또 다른 시야가 열리게 되어 있다. 인간은 자연 속으로 녹아들 때, 가장 인간다워진다. 대자연은 인간의 근원이기 때문이다.

미소, 인사, 칭찬

성공하는 삶을 만들어가는 습관

3박자를 길들여라

건설회사에 근무하고 있는 A씨는 스물일곱 살의 신입 사원이다. 그는 매일 아침 출근을 하면서 경비 아저씨부터 안내 데스크 아가씨에 이르기까지 누구에게나 먼저 밝게 인사를 건넨다. 이런 그에게 동료들은 "일과 관계없는 사람에게까지 인사할 필요는 없지 않는가?"라고 말하기도 한다. 그도 처음에는 그렇게 생각했다. 하지만 인간관계와 화술전문서적을 알고 난 후부터 인사가 얼마나 중요한 것인가를 알게 됐다고 한다.

어느 가정에서나 집을 나설 때는 부부나 부모자식 사이에 "갔다 올게.", "다녀오겠습니다.", "다녀오세요.", "그래 잘 다녀와."라고 인사를 한다. 마찬가지로 돌아왔을 때는 "여보! 나 왔어.", "엄마 다녀왔습니다.", "어서 오세요.", "지금 오니."라고 인사를 나눈다. 오고가는 짧은

이 인사가 가족 간의 변함없는 사랑과 화합을 유지해 준다. 하지만 어쩌다 이런 인사마저도 없이 집을 나가거나 들어올 때 상대는 분명 기분이 안 좋다거나 어떤 문제가 있음을 직감하게 된다.

직장에서도 마찬가지다. 서로 인사를 나누지 않는 직장에서는 동료들 간 어딘지 모르게 서먹서먹함이 느껴진다. 그러니 마음도 제각각일 수밖에 없다.

외근을 나갈 때 상사나 동료로부터 "다녀오세요!", "수고하세요.", "수고해."라는 밝은 목소리를 들으면 마음가짐부터 달라진다. '그래! 최선을 다하고 오자!', '열심히 해야지'라는 마음이 든다. 외근 후 회사에 돌아왔을 때 "수고하셨습니다!", "고생했다."라고 밝게 맞아주면 설령 밖에서 힘들거나 짜증나는 일이 있었다 할지라도 기분전환이 되어 피로나 스트레스가 한순간에 날아가 버린다. 서로가 인사를 주고받으면 직장의 분위기는 자연스레 발랄해지는 법이다.

어느 회사의 로비에 들어서면 가장 먼저 눈에 띄는 글씨가 '웃읍시다. 인사합시다. 칭찬합시다.'이다. 이 회사에서는 매년마다 한 번씩 '스마일맨 & 인사맨 & 칭찬맨' 콘테스트를 실시하여 각 분야의 대상자를 뽑고 이들에게 해외여행보너스 같은 포상을 한다. 사내 밝은 분위기와 구성원들 간의 원활한 소통을 위해서는 미소, 인사, 칭찬이 매우 중요한 역할을 하기 때문이다. 또 그 영향력은 사내에서만 그치는 것이 아니라 거래처나 고객들에게도 긍정적인 영향을 낳기 때문이다.

미소와 밝은 인사는 밝은 가정과 직장의 기본이자 인간관계의 시작이다. 여기에 칭찬이 합쳐지면 상대를 즐겁게 해주면서 인간관계를 한결 밝고 가깝게 만들어 준다. 지금까지는 전혀 모르는 사람일지라도 처음 마주하게 되는 순간 미소를 짓고 상대가 인사하기 전에 먼저 인사하는 습관, 또 대화 시 칭찬을 아끼지 않는 습관을 길들인다면 그 사람 곁엔 늘 많은 사람들이 몰려들고 어떤 상황에서도 아군이 넘쳐나기 마련이다.

밝게 사고하는

성공하는 삶을 만들어가는 습관

버릇을 들여라

꽃들을 잘 살펴보면 햇볕이 드는 방향을 향하고 있음을 알 수 있다. 같은 꽃을 실내에 놓아도 빛이 들어오는 쪽으로 방향을 바꿔서 자란다. 감정이 없는 식물조차 밝은 쪽을 좋아한다는 것이다. 그러니 감정이 있는 사람은 당연히 '음' 보다 '양' 을 좋아할 수밖에 없다.

대체적으로 표정이 음울하고 어두운 사람은 타인에게서 호감을 사지 못한다. 반대로 밝고 쾌활한 사람 주위에는 언제나 사람들이 모여들기 마련이다. 매사에 긍정적이고 낙천적인 사람들은 웃으며 밝게 살아도 한평생, 어두운 얼굴로 한탄하며 살아도 한평생이라고 말한다. 어차피 한 번밖에 없는 인생이라면 누구나 하루하루 밝고 즐겁게 지내고 싶을 것이다. 그럼에도 불구하고 늘 어두운 얼굴로 살아가는 사람들이 있다. 그들의 암울한 이미지는 타고난 것일까? 결코 그렇지 않다. 제 아무리 어두운 사람이라 할지라도 아기였을 때는 하나같이 방긋방긋 웃는 밝은 사람이었다. 천진난만 그 자체였다.

어두운 이들에게는 사는 동안 어느 틈엔가 그들의 마음속에 불순물이 섞여든 것이 분명하다. 어두운 쪽으로 생각해버리는 나쁜 버릇을 배우게 된 것이다. 인간의 버릇은 적어도 일곱 가지, 많으면 마흔여덟 가지라는 말이 있다. '사람에게는 누구에게나 버릇이 있다' 는 의미다.

이색적인 실험 한 가지가 있다. 지금 팔짱을 껴보자. 당신의 경우 오른손이 위로 왔는가, 아니면 왼손이 위로 왔는가? 어느 쪽이든 상관없다. 그럼 이번에는 반대로 팔짱을 껴보자. 오른손이 위로 왔다면 이번에는 왼손이 위로 오도록 해보는 것이다. 십중팔구는 너무 어색해서 마치 다른 사람의 팔짱을 끼고 있는 기분이 든다. 아무래도 편안하지가 않다. 그렇다면 다시 처음처럼 평소에 하듯이 팔짱을 껴보자. 그렇게 하면 마음이 편안해진다. 이 편안한 자세가 바로 당신의 '행동의 버릇' 이다.

단순히 팔짱을 끼는 버릇의 예에서도 알 수 있듯이 우리에게는 행동의 버릇이 있다. 이 행동의 버릇과 마찬가지로 사고의 버릇도 있다. 어떤 일에 부딪혔을 때, 바로 '어두운 쪽으로 사고' 하는 버릇을 가진 사람이 있다. 그와는 반대로 긍정적이고 '밝은 쪽으로 사고' 하는 사람도 있다.

괴로울 때나 슬플 때나 어느 쪽이든 갑자기 밝아질 수는 없다. 하지만 일시적으로 좋지 않게 보인다고 할지라도 당황하지 말아야 한다. '지금 우는 자, 후에 웃을 일을 얻을 것이다' 라는 일종의 달관이 필요

한 것이다. 이를 테면 '재난 속에는 행복의 싹이 숨어 있다'고 생각하는 양전의 사고를 갖는 것이다. 이런 사고가 습관화될 때 어떤 어려움 앞에서도 새로운 희망을 갖게 될 수 있고 또 얼마든지 극복할 수 있는 것이다.

스스로 나약함을
성공하는 삶을 만들어가는 습관
인정하지 마라

새나 짐승들은 자연 상태 그대로인 산과 들에서 생활하는 한 좀처럼 병에 걸리지 않는다고 한다. 하지만 인간이 기르면 그들은 나약해져버린다. 일례로 자연 상태로 살고 있던 동물들을 잡아다 동물원 우리 안에서 사육한다고 치자. 냉·난방에 신경을 쓰고 좋아하는 먹이를 주고 여러 가지로 보살펴주는데도 불구하고 동물들은 자주 병에 걸린다. 수의사가 약을 주사하고 치료도 해보지만 허무하게 죽어버리고 마는 동물들이 나타난다. 그들이 자연 속에서 살았다면 그처럼 나약해지지 않았을 것이다. 사실 동물들은 자연 속으로 돌아가는 것이 바람직한 일이다.

인간도 자연의 일부다. 따라서 우리도 자연으로 돌아갈 필요가 있다. 그렇다고 새나 짐승들처럼 산과 들을 뛰고 날아다니며 살자는 말은 아니다. 현대사회의 생활 여건 하에서 최대한 자연으로 돌아가자는 얘기다.

먼저 우리는 우리의 마음을 자연으로 돌리는 것이 중요하다. 세상의 모든 것은 자신의 마음에서 그린 것이 형태로 나타난 것이다. 즉, 자신의 마음속으로 인정하는 것만이 존재한다. 이를 반대로 표현하면 자신의 마음으로 인정하지 않은 것은 존재하지 않는 것이라고 할 수 있다. 예를 들어 '오십견'이라는 증상을 모르는 A라는 20대 청년이 있다고 하자. A는 오십견을 경험한 적이 없기 때문에 자신의 마음속에 오십견을 그려볼 수가 없다. 따라서 A의 세계에 오십견은 존재하지 않는 것이다. 바로 이것이 포인트다.

조금 더 자세히 설명해 보면 위가 좋지 않은 사람이 있다고 하자. 그 사람의 장기 중 하나인 위는 분명 좋지 않은 것이다. 하지만 위를 움직이게 하는 마음, 그것도 스트레스 상태인 마음의 지배를 받아 그렇게 된 것 역시 틀림없는 사실이다. 마음이 비관적인 상태에 놓이면 누구라도 식욕이 떨어진다. 공포 상태에 놓이면 위 점막에서 출혈이 일어난다. 신체는 마음에 의해 지배되고 있다는 사실을 모르는 사람은 드물다. 만병의 근원은 마음에서부터 비롯된다.

누군가는 '나는 선천적으로 몸이 약하다'고 입버릇처럼 말한다. 말 그대로 그의 마음속에는 이미 병약한 자신이 그려져 있는 것이다. 그렇기 때문에 마음의 지배에 의해서 신체가 약해지는 것이다. 건강한 삶을 유지하려면 이 같은 병적 관념을 그리지 않는 자연스러운 마음으로 돌아갈 필요가 있다.

생전에
성공하는 삶을 만들어가는 습관
효도하라

어느 날 K씨에게 지인인 Y로부터 작은 책 한 권이 배달되었다. 제목은 『마음속의 고향 ─○○○』이었는데, 그 책에는 7페이지에 걸쳐서 한 편의 글이 수록되어 있었다. 언젠가 라디오방송에서 공모한 수기 중 최우수작으로 뽑힌 작품이었다. 글의 주인공은 40대 후반의 남성 L이었다.

L의 작품은 전국적으로 전파를 타는 한 라디오의 아침방송 프로그램에서 소개되었던 내용이다. 방송을 들은 많은 사람들이 감동을 받았는데, Y도 그중 한 사람이었으며 너무 감동한 나머지 눈물을 멈출 수가 없었다. 그는 혼자서만 알고 감동하기에는 아깝다는 생각에 L의 글을 소책자로 만들어 전국의 많은 사람들에게 무상으로 배부했고 그중 한 권이 K씨에게도 배달된 것이다.

L이 쓴 글은 효도의 중요성을 뼈저리게 느낄 수 있는 실화다. 일부분을 소개하면 이런 내용이다.

얼마 전, 회사에서 치아 정기검진이 있었다. 그때 의사 선생님께서 내 치아를 칭찬해 주셨다. 의사 선생님은 "40대 후반인데도 충치가 하나도 없다니 정말 대단합니다."라면서

내게 "고향은 어디십니까?"라고 물었다. 나는 " 남도 ○○○에서 나고 자랐습니다."라고 대답했다. 의사 선생님은 "역시 섬에서 자라셨군요." 하며 고개를 끄덕이셨다. 그날 밤, 잠자리에 든 나는 이가 튼튼할 수밖에 없었던 소년 시절의 일에 대해서 생각했다.

나의 유년시절 우리 마을 사람들은 모두 가난했다. 쌀밥을 먹을 수 있었던 날은 추석과 설, 그리고 마을의 축제 때뿐이었다. 언제나 고구마나 보리였고 과자나 사탕 같은 것은 거의 먹어본 적이 없었다. 정어리만은 얼마든지 있었는데 심지어 밭의 비료로 쓸 정도였다. 우리는 배가 고프면 항상 정어리를 통째로 먹으며 주린 배를 달랬다. 그런 생활을 했기 때문에 섬사람들의 이가 모두 튼튼했던 것이라고 생각한다.

우리 집은 영세 농가로 8형제였다. 누나와 형은 중학교를 졸업하자마자 육지로 나갔다. 입을 줄이기 위해서였다. 내가 중학교에 다닐 때도 우리 집은 여전히 가난했다. (중략)

중학교 1학년 때, 봄 소풍이 있었다. 이 봄 소풍에 대한 기억만은 평생토록 잊지 못할 것이다. 소풍의 즐거움은 누가 뭐래도 도시락이었다. 어느 집에서나 소풍 도시락만큼은 신경을 썼다. 우리 어머니도 언제나 쌀밥으로 만

든 김밥과 오징어 무침을 싸주셨다. 그 도시락을 친구들과 떠들며 먹는 것이 최고의 즐거움이었다. 소풍 전날 밤은 가슴이 설레서 잠도 잘 오지 않는다. 그때도 그랬다.

드디어 손꼽아 기다리던 소풍 날 아침, 어머니가 슬픈 얼굴로 내게 도시락을 건네주셨다. 도시락 안에 고구마밖에 들어 있지 않다는 말씀과 함께. 모기만한 소리로 "미안하다."라고 말씀하신 듯했다. 어머니는 눈물을 글썽이며 내 손을 꼭 쥐고 놓지 않으셨다. 어머니의 손은 부들부들 떨리고 있었다. 나는 큰 소리로 어머니를 원망하며 어머니의 손을 있는 힘껏 뿌리쳤다. 그 반동으로 어머니는 쓰러지셨다. 하지만 나는 어머니는 돌아보지도 않고 울면서 달렸다. 한동안 달리다 뒤를 돌아보았다. 어머니는 땅바닥에 엎드려 울고 계셨다.

그날 점심시간, 나는 소풍 장소 인근의 숲 속에 있었다. 같은 반 친구들이 나를 찾고 있었다. 그 소리를 멀리서 들으며 나는 숲 속에 숨어 있었다. 배고픔만은 견딜 수 없었기에 고구마를 베어 물었다. 고구마가 내 눈물에 젖어 있는 것을 보고 한심하다는 생각이 들었다.

집에 돌아와서도 나는 어머니를 원망했다. 어머니가 얼마나 괴로워하고 계신지 중학교 1학년생이었던 나는 조금도 이해할 수 없었던 것이다. (중략)

고등학교 진학이 코앞에 다가왔을 무렵, 담임선생님의 권유도 있고 해서 나는 섬의 고등학교가 아닌 육지의 시내에 있는 H고등학교에 진학하기로 결심했다. 그래서 공부도 필사적으로 했다. 12월의 어느 날, 아버지와 어머니는 나를 화롯가에 앉히고 "육지의 고등학교에 가는 것은 포기하거라."라고 말씀하셨다. "너를 하숙시킬 만한 돈은 없단다. 섬에 있는 고등학교라면 어떻게 해볼 수 있을 것 같다. 섬에 있는 고등학교에 가면 안 되겠니?"라며 부모님은 내게 부탁하셨다. 나는 아버지와 어머니를 큰 소리로 원망했다. 그날 이후부터 가족 누구와도 말을 하지 않았다. 그렇게 열심히 하던 공부에서도 완전히 손을 뗐다.

답답한 나날이 계속됐다. 그리고 해가 바뀌어 새해 설날이 찾아왔다. 섬을 떠나 사회인으로 일하고 있던 누나와 형이 집을 찾아왔다. 가족 모두가 음식을 싸들고 조상의 묘를 찾아가는 것도 나는 하지 않았다. 명절 아침부터 나는 이불을 뒤집어쓰고 누워 있었던 것이다. 눈을 떠보니 머리맡에 편지 한 통이 놓여 있었다. 나는 가슴이 덜컥 내려앉았다. 연필을 핥아가며 쓴 듯했다. 군데군데 진한 글자가 보였다. 보내는 사람의 이름이 없었지만 나는 누가 보낸 것인지 금방 알아볼 수 있었다. 어머니가 쓴 편지였다. 편지지에는 이런 글이 적혀 있었다.

"너에게 '새해 복 많이 받아라'는 말을 건네기가 괴롭구나. 하지만 엄마는 네가 새해 첫날 가족들 앞에서 웃으며 '새해 복 많이 받으세요'라고 말하는 모습을 수도 없이 보고 싶단다. 네가 어렸을 적, 울음을 터뜨리면 이 어미는 자장가를 부르며 너를 달랬단다. 하지만 이제는 네게 불러줄 자장가가 없구나. 어떻게 해야 하는 건지 모르겠다. 정말 어떻게 해야 하는 것인지 이 엄마는 모르겠구나. 이번에는 네가 이 엄마에게 자장가를 불러주기 바란다."

열여섯 살 소년이었던 나는 엽서를 읽고 새해 첫날 아침, 이불 속에서 큰 소리로 울었다. 그것은 반항기에 접어든 중학교 3학년생 아들에게 어머니가 불러준 마음의 자장가였다. 그제야 비로소 부모님의 마음을 이해할 수 있었다.

나는 자리에서 벌떡 일어나 이부자리를 반듯하게 갰다. 죄송했다. 정말 죄송한 마음이 가득했다. 그날 나는 부모님 앞에 무릎을 꿇고 "섬에 있는 고등학교에 보내주세요."라고 머리 숙여 부탁했다. 그렇게 해서 나는 섬에 있는 고등학교에 입학했다. 그 후부터 나는 열심히, 열심히 공부했다. 덕분에 장학금을 받고 육지 대도시에 있는 대학에 갈 수 있게 되었다. 그때 아버지는 목숨 다음으로 소중히 여기시던 산의 작은 밭 하나를 파셨다. 내 입학금을 마련하기 위해서였다. (중략)

그로부터 27년의 세월이 흘렀다. 나는 결혼을 해서 아이를 두었다. 부모님은 섬에서 건강하게 생활하고 계시는 듯했지만 한동안 찾아뵐질 못했다. 어느 날 밤, 중학교 3학년인 큰아들이 심술을 부렸다. 사소한 일이 원인이었다. 큰 아들은 "엄마도 아빠도 나에 대해서 아무것도 몰라!"라고 큰 소리로 원망하더니 자기 방으로 들어가 버렸다. 나는 내 소년 시절을 생각했다. 나도 저렇게 몇 번이고 부모님께 대들곤 했었다. 그러고 보니 그렇게 나를 돌봐주신 부모님께 제대로 효도 한 번 하지 못했다.

'자식을 낳아 길러봐야만 부모 마음을 알 수 있다'고들 말한다. 지금 내가 바로 그 심정이다. 그러던 어느 날, 라디오방송에서 부모님과 관련된 수기를 모집한다는 뉴스를 보게 됐다. '그래, 부모님 이야기를 쓰자. 만약 당선되면 방송된다. 전국 방송인데다 고향의 부모님들은 매일 아침 라디오를 들으며 소일거리를 하시니 고향에 계신 부모님도 듣게 될 것 같다.' 이런 생각으로 글을 썼다고 한다.

이상이 L의 글 요지이며, 여기에 후일담이 있다. 그의 부모님은 그

글을 라디오를 통해 듣고 큰 소리로 울었는데 특히 그의 아버지가 눈물을 흘린 건 그때가 처음이었다고 한다. 괴롭고 서글펐던 지난날을 떠올리다 보니 감동의 눈물이 쉴 새 없이 흘러내렸을 것이다.

L은 이 수기 한 편으로 훌륭한 효도를 한 것이 아닐까. 물건을 선물하는 것뿐만 아니라 이런 선물도 있는 법이다. '효도를 하려고 보니 부모님은 이미 세상을 떠난 뒤……. 부모님이 살아계실 때 효도를 해라. 그렇지 않으면 후회한다'는 말은 우리에게 잘 알려진 교훈이다. 효도야말로 때가 있는 법이다. 부모님이 떠나고 안 게시면 아무리 효도하고 싶은 마음이 간절한들 때는 이미 늦은 일이니 부모님 생전에 전화 한 통이라도 더 하는 것이 진정한 효도다. 이 또한 습관을 들여야 하는 것 중 하나다.

'지금'이 가장

성공하는 삶을 만들어가는 습관

소중하다고 여겨라

'Time is money' (시간은 돈이다)

미국 독립선언서의 기초를 작성한 벤자민 프랭클린의 유명한 말에서 비롯된 이 격언은 일반적으로 '시간은 금과 마찬가지로 소중한 것이다'라는 뜻으로 오랜 시간을 두고 많은 사람들에게 공감을 얻고 있다.

나는 의문을 제기한다. 정말로 '시간은 돈'일까? 시간은 돈과 같은 것일까? 그렇게 값어치가 없는 것일까? 결코 그렇지 않다고 생각한다. 돈이나 토지, 건물 같은 것은 일시적으로 잃는다 해도 되찾을 수 있다. 아무리 막대한 부를 쌓아도, 아무리 노력해도 절대로 되찾을 수 없는 것이 있다. 바로 시간이다. 실제로 지금 이 순간에도 시간은 시시각각 흘러가고 있다. 이 흘러가는 시간은 결코 돈으로 살 수 없다. 다시 말해 시간은 돈과는 비교할 수도 없을 만큼 훨씬 더 소중한 것이다.

오래된 지인 중에 암 환자가 있다. 얼마 전에 그를 만났는데, 잔뜩 여윈 그가 정말 가슴에 와 닿는 말을 건넸다.

"자네는 지금 내가 가장 갖고 싶은 게 무엇일 거라고 생각하나? 외람된 말 같지만 나에게 가장 필요한 것은 바로 시간이라네. 내게 주어진 시간은 이제 얼마 남지 않았거든. 아직 못다 한 일이 산더미처럼 쌓여 있는데……."

그는 뭔가 원망스럽다는 듯한 눈빛으로 말했다. 이 말은 그의 마음 깊은 곳에서 나온 절규나 다름없는 것이었다. 시간의 소중함을 뼈저리게 느끼지 않을 수 없었다. 그러면서 그가 분위기를 바꾸려고 한 말이 더욱 가슴에 와닿았다.

"자네는 금 중에 제일 비싼 금이 무엇인지 알아?"

다소 의아한 눈으로 바라보자 그가 웃으며 말했다.

"'지금'이야. 지금이 가장 비싼 금이라고. 자네와 내가 함께 있는 지금 이 순간이 나에겐 가장 비싼 금이라고."

그날 그를 면회하고 돌아오는 길에 다시 한 번 그의 농담 같은 진담을 되새기지 않을 수가 없었다. 그의 말은 '지금'이라는 이 순간을 소중히 여기라는 교훈이었던 것이다. '지금'이라는 시간을 활용하지 않으면 시간은 순식간에 흘러가 버리는 법이다. 따라서 '지금'이 해야 할 때다. 주저하거나 우물쭈물해서는 안 된다. 우유부단하다는 것은 귀중한 시간을 버리는 것과 같다. 지금보다 더 좋은 시간이 뒤에 찾아올 것이라고 생각하기 때문에 아무리 시간이 흘러도 움직이지 않는 이들이 있다. 무언가를 해야 한다고 생각하고 있다면 지금 당장 실행으로 옮기는 것은 매우 바람직한 일이다. 고향에 계신 부모님께 전화를 해야겠다는 생각을 하면서도 하루 이틀 미루고 있었다면 지금 당장 핸드폰 번호를 눌러야 한다. 며칠 전 사랑하는 자녀에게 화를 낸 후 마음속으로 미안함이 있다면 지금 당장 말해야 한다.

시간은 언제까지 우리를 기다려 주지 않는다.

작은 일부터

성공하는 삶을 만들어가는 습관

성취감을 느껴라

'아무리 호탕한 사내라도 때때로 실패를 하게 되면 까탈스러워지기도 하고 우울해지기도 한다'

어느 유명인의 에세이집에 실린 글의 한 구절이다. 제 아무리 쾌활한 사람이라도 실패를 거듭하면 자신감을 잃어버리게 된다는 것이다. 공감이 가는 말이다. 그런데 실패를 거듭하면 우리는 왜 자신감을 잃게 되는 걸까?

대뇌 생리학을 보면 이에 대한 한 가지 답이 나와 있다. 대뇌 생리학의 권위자인 K박사의 보고에 따르면 자신감을 잃게 되는 원인은 과거의 실패 체험이라고 한다. 지금까지의 여러 가지 실패 체험을 기록한 집적회로가 그 사람의 대뇌 속에 가득 차 있다는 것이다. 이 좋지 않은 집적회로를 그대로 내버려 두는 한 자신감은 좀처럼 회복되지 않는다고 한다. 과거와 같은 상황에 놓일 경우, 이 집적회로가 조건반사적으로 작용하기 때문이다. 두말할 필요도 없이 이 집적회로란 지금까지 실패한 체험의 회로를 가리킨다. 즉 '실패로 인도하는 회로'인 것이다.

좀 더 알기 쉽게 설명해 보면 이런 것이다. 예를 들어 어떤 집회에서 강연을 부탁받은 사람이 있다고 하자. 그 사람은 많은 사람들 앞에서 이야기하는 것이 처음이다. 덕분에 너무 흥분해서 커다란 실수를 범하고 말았다. 많은 사람들 앞에서 커다란 창피를 당한 것이다. 이런 실패 체험은 그의 대뇌 속 집적회로에 뚜렷하게 각인된다. 그런 다음에는 어떻게 될까? 다음 강연을 부탁받는 순간, 과거 실패한 체험의 회로가 작용하게 된다. 즉 강연에서 실수를 범해 창피를 당했던 자신에게로 인도되는 것이다. 그러면 또다시 강연에서 실수를 범하게 된다. 이런 일이 거듭되면 완전히 자신감을 상실하게 되고 만다.

실패감을 고칠 수 있는 방법 중 하나는 '오버로드 원칙'이다. 이 훈련 방법은 서양의 신화에 바탕을 두고 있다. 한 남자가 매일같이 송아지를 들어 올리며 자신의 몸을 단련시키고 있었다. 송아지는 성장해서 조금씩 체중이 불어났다. 그래도 남자는 매일 송아지를 들어 올렸다. 그러는 동안 남자는 다 큰 소를 들어 올릴 수 있을 만큼 장사가 되었다고 한다. 조그만 성공 체험을 쌓으면서 실패 회로를 끊어버리는 것, 이것이 오버로드의 원칙이다.

'길은 있다'는
성공하는 삶을 만들어가는 습관
플러스 사고를 가져라

제2차 세계대전 패전국인 일본의 경우 전후 많은 변화가 일어났다. 경제 분야는 그 대표적인 예로 적지 않은 기업인들의 실패와 성공 스토리가 생겨났다.

일본 사람들은 재계 거물 중에서 가장 파란만장한 삶을 살아온 기업인을 꼽으라면 누구보다도 먼저 '리코'의 이치무라 기요시를 말하곤한다. 그는 리코, 산아이, 일본 리스 등 수많은 사업을 번창시킨 뛰어난 경영자로 잘 알려져 있다. 경영 수업을 위해 개설한 이치무라 학교에 수백 명의 경영자들이 다녔다는 사실로도 유명하다.

한동안 리코그룹은 점점 두각을 나타내며 순풍에 돛 단 듯 성장할 것처럼 보였다. 그런데 그 후 이치무라 씨는 경영상 난관에 부딪히게 된다. 60세가 지나서 커다란 실패에 직면하게 된 것이다. 세상으로부터

지탄의 대상이 된 그의 고뇌는 보통 사람들의 상상을 훨씬 뛰어넘는 것이었다.

그는 당시를 회상하며 "차라리 자살하는 편이 낫지 않았을까?"라고 말한 사람도 있었다고 말한다.

사람은 괴로움에 빠지면 아무래도 비관적인 생각을 갖기 마련이다. '막다른 곳까지 왔다', '더 이상 도망갈 곳이 없다' 며 낙담하기 일쑤다. 이치무라 씨도 결국 궁지에 몰리게 되었을 때, 마지막으로 문득 떠오른 생각은 '맨주먹으로 시작해서 여기까지 왔으니, 이번에도 다시 할 수 있다. 아직 전력을 다하지 않았다' 는 달관이었다고 한다. 그런 생각이 들자 갑자기 눈앞이 밝아져 '길은 하나가 아니라 두 개, 세 개, 얼마든지 있을 것이다' 라고 분발하게 되었다는 것이다.

"지금까지 내가 한 일은 내가 할 수 있는 일의 백 분의 일에 지나지 않는다."라는 명언이 있다.

이치무라 씨는 이러한 플러스 사고로 다시 일어섰다. 그가 세상을 떠났을 때 리코의 주식은 주식시장에서 각광을 받을 정도로 성장해 있었다.

일례로 성경에는 '괴로울 때일수록 웃어라'라는 말이 나온다. 어려움에 빠진 때일수록 플러스 사고가 중요하다는 말이다. 우리 인생은 처음부터 하늘에서 행복이 내려와 변함없이 지속되는 것은 아니다. 실패하기도 하고, 고통을 맛보기도 하면서 행복을 만들어 가는 것이다.

몸이 아프면 건강의 고마움을 뼈저리게 느낄 수 있다. 인생에서의 행복도 그와 마찬가지다. 하지만 같은 실수를 몇 번이

고 거듭한다면 그것은 생각해 볼 문제다. 반성이 없기 때문이
다. 반성이 없으면 진보도 없다. 그리고 진보를 위해 중요한 것
이 또 하나 있다. 그것은 실패에 굴하지 않는 플러스 사고다.

위기를 새로운 기회로
성공하는 삶을 만들어가는 습관
받아들이자

'지금까지 나를 끌고 온 힘은 내일도 나를 끌어줄 것이다'

어느 소설작품에 나오는 주인공의 말이다. 수많은 고난을 극복하고 스스로의 길을 연 주인공의 자신감에서 나온 명언이다. 그는 작품 속에서 '나는 그간 많은 고난을 극복해 왔기에 앞으로 무슨 일이 일어나든 상관없으며 내일을 미리 걱정할 필요는 없다'고 말한다.

화술전문가로 활동을 하는 M씨는 앞서 말한 소설 속 주인공의 말처럼 현실에 접목시키면 좋을 명언이나 속담을 메모해 두면 도움이 될 때가 많다고 말한다. 그는 예를 들어 모임 같은 곳에서 갑자기 한마디 해달라고 부탁을 받았을 때, 이야기의 서두로 사용하기에 매우 적절한 문구라고 말한다. 이런 명언이나 속담을 시작으로 이야기를 꺼내면 상대방의 주의를 단번에 끌어들일 수 있기 때문이다. 연설문이나 에세이 같은 글을 쓸 때도 마찬가지다. 자신의 생각이나 마인드로 청중이나 독자를 설득시키거나 이해시키고자 할 때 주제에 적합한 속담이나 명언은 특효약으로 작용한다.

책을 읽거나 타인의 이야기를 듣다가 접하게 되는 명언이나 속담 또는 함축적인 말을 수첩에 꼭 적어두는 습관을 지니면 좋은 점이 한 가지 더 있다. 침울할 때나 좌절했을 때 그 말들은 자신을 질타하고 격려하여 다시 힘을 내도록 도와준다.

중소기업을 경영하는 T씨는 '위기는 곧 성공의 전조다' 라고 말한 유명 기업인의 말을 자신의 경영철학처럼 삼는다고 한다. 위기가 불어닥쳤을 때 언뜻 보기에 막다른 길이라고 생각되는 것이라도 긴 안목으로 보면 길은 반드시 열린다고 한다. 또한 지금까지의 그런 경험들이 거름이 되어 자신을 강소기업 사장으로 만들어 놓았다고 말한다. 실제로 수출 중심의 제조업을 이끄는 그는 달러가 급락하는 외환위기가 오고 있을 때 새로운 내수 시장을 개척하여 오히려 사업을 더 확장시키는 발판으로 삼았다고 한다.

위기를 위기로 받아들이지 않고 오히려 더 나은 환경으로 가는 기회라고 여기는 것은 현명한 일이다. 예를 들어서 병으로 쓰러졌다고 하자. 처음 쓰러졌을 때 한탄을 하며 괴로워하는 사람은 더 쇠약해져간다. 마이너스 감정을 되풀이하면 정신적으로도 지쳐버린다. 하지만 자신 앞에 일어난 일은 현실 그대로 받아들이되 죽을 힘을 다해서 극복하고자 하는 노력을 기울이고 낙천적으로 생각하면 오히려 병은 빨리 치유될 수 있다. 쉽게 말해서 이렇게 생각하자. '10년 전에 위암이 발생했을 때 식생활을 바꾸고 규칙적인 운동을 하면서 더 이상 악화되지 않을 것이라고 마음먹었더니 치유가 된 것처럼 이번에 다가온 협심증도 스트레스와 과로를 줄이고 습관을 바꾸면 나를 더욱 건강하게 만들어 줄 것이다' 라고.

지금 내 앞에 펼쳐진 위기를 잘 극복하면 오히려 나는 더 나은 내일을 맞이할 것이라고 여긴다면 마음은 저절로 밝아지고 새로운 희망이 생긴다. 이런 과정에서 오히려 생각지도 않았던 좋은 길이 열리게 되는 법이다.

일을 쪼개서
성공하는 삶을 만들어가는 습관
추진해라

'재난 속에는 행복의 싹이 숨어 있다'

아일랜드 출신의 세계적인 정신의학자이자 철학자인 조셉 머피의 명언이다. 그는 상황을 낙관적으로 인식하는 긍정의 정신이 좋은 습관을 부르고 그것이 곧 인생의 성공으로 이어진다고 말한다. 특히 그는 일시적인 고통에 꺾이지 말고 '이제 잘 풀릴 거야. 벌써 행복의 싹이 나오기 시작했어' 라고 확신하는 것이 중요하다고 강조한다. 고난을 극복해야만 참된 행복의 싹을 붙잡을 수 있다는 조언이다.

불교에서는 긍정의 정신을 극락정토로 설명한다. 현세의 고난을 극복하면 내세에 극락이 기다리고 있다고 한다. 흔히 말하는 극락왕생이다. 이 사상은 오랫동안 동양인들의 삶 속에 뿌리내려 왔다. 이 극락이라는 미래를 상정한 상상력의 힘은 실로 막대하다. 즐거운 미래를 상상하면 우리 마음은 힘을 얻는다.

이를 테면 '이번 일이 끝나면 한동안 휴가를 얻어서 외국 여행을 즐기다 오자. 그러니까 그 때까지는 일에 전력투구하자'라는 상상만으로도 힘을 낼 수 있다.

어떤 일을 시작하려고 할 때, 실패할지도 모른다는 불안감에 빠질 때가 있다. 이처럼 두려운 생각 때문에 앞으로 나아가지 못할 때야말로 '즐거운 미래'를 상상하는 것이 필요하다. 상상을 하면 목표가 구체화된다. 또 빨리 목표에 도달하고 싶다는 소망이 뚜렷하게 생겨난다. 당연히 성공하고 싶다는 욕구도 강해지면서 그러한 욕구가 실패에 대한 불안감을 제거해 주는 것이다.

지금 당신이 하는 일이나 공부에 부담을 느껴 의욕을 상실했다면 이런 방법을 실행으로 옮겨보면 어떨까? 일이나 공부의 양을 세분화하는 방법이다. 영어 단어를 암기할 경우, 1년에 3천 단어를 암기하겠다는 계획을 세웠다고 하자. 막상 실천에 들어가고 보면 엄청난 양이다. 생각하는 것만으로도 엄청난 부담이 되기 마련이다. 따라서 3천 단어를 1개월씩 세분화하는 것이다. 월로 나누면 한 달에 250단어가 되며 더욱 세분화하면 하루 평균 여덟 단어 정도다. 하루 한 시간을 영어 단어 외우는 시간에 사용한다면 대략 8분에 한 단어 꼴이다. 이렇게 의식적으로 세분화하면 언뜻 방대하게 보이는 일이나 공부에 대한 중압감은 사라져버린다. 오히려 마음 편하게 할 수 있기 때문에 능률도 더 올라서 효과적이다.

‘천 리 길도 한 걸음부터’라는 속담이 있다. 여러 가지 과제나 문제가 얽히고 꼬여 있다고 할지라도 하나둘씩 서서히 풀어나간다는 마음을 갖고 실행에 들어가면 언젠가는 실감하게 될 것이다. 낙천적인 생각과 긍정의 마인드를 갖고 포기하지 않는다면 미래는 분명히 좋을 일들로 펼쳐진다는 것을.

성공적인 결과를

성공하는 삶을 만들어가는 습관

미리 그려라

적지 않은 사람들이 처음으로 어떤 일을 하거나 새로 일을 시작하려고 할 때 불안한 마음을 먼저 갖는다. '잘할 수 있을까?', '실패하면 어떻게 하지?' 등등의 걱정을 앞세운다. 불안과 걱정이 앞서면 지나치게 긴장되어 머릿속이 멍해져 몸도 딱딱하게 굳어버린다. 따라서 자신이 가진 실력을 제대로 발휘할 수 없게 된다. 이것을 극복할 방법은 없는 걸까?

무엇보다도 우리의 사고에서 선행되어야 할 것은 '내가 할 수 있을 리 없어' 또는 '실패하면 어떻게 하지?' 라는 식의 '좋지 않은 이미지'를 그리지 않는 것이다. 시작하기 전부터 '실패하지 않을까?' 라며 겁을 먹기 때문에 머리가 혼란스러워져 제대로 된 생각을 떠올리지 못하는 것이다. 우리의 신체는 생각과 함께 따라간다. 생각이 불안하면 몸도 마찬가지다. 따라서 절대로 '좋지 않은 이미지'를 떠올려서는 안 된다. 좋은 결과에 대한 이미지만을 그려야 한다. 잘 풀렸을 때의 모습을 구체적으로 확실하게 그려보는 것이다. 자신 스스로를 낙관적으로 세뇌시키는 의지가 필요한 것이다.

머릿속으로 좋은 결과를 그리는 이미지 성공법은 스포츠 세계에서 적극적으로 활용되고 있다. 올림픽이나 세계선수권대회를 앞둔 대부분의 선수들은 이 이미지트레이닝을 실시한다. 실력 면에서 거의 차이가 없는 선수들의 마지막 승부는 그 순간의 정신에서 갈리기 때문이다. 올림픽 우승자들의 인터뷰를 들어보면 그 사실을 잘 알 수 있다.

100미터 달리기의 우승자였던 칼 루이스는 "스타트라인에 선 시점에 이미 결승점을 그려본다."고 했다. 또 "테이프를 끊으며 가장 먼저 결승점으로 뛰어드는 내 모습을 확실하게 그려보면 이상하게도 자신감이 생긴다. 그리고 그것은 실현되어버린다."라고도 했다.

프로야구계의 전설로 불리는 베이브 루스도 마찬가지였다. '그와 같은 이는 두 번 다시 나오지 않을 것'이라고 일컬어지고 있는 명선수인 베이브 루스의 '이미지 성공법'은 너무나도 유명하다. 그는 타석에 들어서면 방망이로 오른쪽 관중석을 가리켜 홈런 칠 장소를 예고했다고 한다.

일을 시작할 때, 앞일에 대한 쓸데없는 걱정이나 불안을 털어버려야 한다. 그러기 위해서는 칼 루이스나 베이브 루스처럼 강인한 이미지를 그려보는 습관을 들여야 한다. 칼 루이스나 베이브 루스는 자신들이 일등으로 골인하는 모습을 그려봤기 때문에, 홈런을 날리는 모습을 상상했기 때문에 그 상상을 현실로 만들 수 있었던 것이다.

반드시 목표를
성공하는 삶을 만들어가는 습관
정하고 일해라

소망과 목표를 구분하지 못하는 사람들이 의외로 많다. '해외로 여행을 가고 싶다'고 생각하는 것은 소망이다. '해외로 여행을 가서 이렇게 하자'고 결심하는 것이 목표다. 즉, 목표에는 자신의 의지가 담겨 있다. 그리고 현실성이 있다.

성공학 전문강사들이 흔히 말하기를 성공한 사람들은 소망과 목표의 차이를 알고 있다고 한다. 고개가 끄덕여지는 얘기다. 제 아무리 사소한 일이라고 할지라도 그것을 끝까지 해내는 자세가 매우 중요하다.

아침에 일어났다고 치자. '오늘은 이런 일을 하자'고 자발적으로 목표를 설정하고 그 일만큼은 반드시 그날 안에 마무리짓는 것이다. 그때 중요한 것이 있다. 일을 끝내야 하는 목표를 가능한 한 구체적으로 생각해야 한다는 것이다. '오늘 일이 끝나면 식당에 가봐야지. 아내가 그 집

매운탕이 굉장히 맛있다고 했으니까……. 그래, 요즘 입맛이 없다고 하는 아내하고 같이 가기로 하자' 와 같은 사소한 목표라도 상관없다. 중요한 것은 하루에 한 가지라도 좋으니 확실하게 끝낼 수 있는 목표를 설정해서 행동에 옮기는 것이다. 설령 남들에게 말하면 무시를 당할지 모르는 하찮은 일이어도 상관없다. 매일 꾸준히 한다는 것에 의미가 있다.

우리의 일과는 저마다 나름의 속도로 진행된다. 문제는 그것이 정말 자기 속에서 솟아난 의지에 의해 진행되고 있는가 하는 점이다. A차장을 예로 들어보자. '회사에 도착하자마자 바로 K사에 전화를 해서 납기일을 확인하고, Y사에 제출할 견적서를 작성해서 10시부터 경영회의에 참석하고, 오후부터는……' 과 같은 일과로 하루가 진행된다. 전업 주부인 A의 아내의 일과는 '아침 준비를 하고 아이들을 학교에 보낸다. 남편을 회사에 보낸다. 그런 다음 설거지를 하고, 빨래를 하고, 마트를 가고……' 하는 식으로 진행된다.

이러한 일과는 전부 꼭 해야만 하는 일들이다. 습관적으로 하고 있는 것에 불과하다. 자기실현을 위한 자발적인 의지는 거의 찾아볼 수 없다. 하루에 단 한 가지라도 상관없다. 자신의 내부에서 솟아오르는 조그만 목표를 확실하게 의식하는 것이다. 그것 자체가 적극적인 행동을 촉진하는 요인이 되기 때문이다. 현실적으로 그것을 달성하지 못했다 하더라도 행동을 일으켰다는 적극성만은 몸에 배게 된다.

'공허한 목표라고 할지라도 목표를 향해서 노력하는 그 과정에만 인간의 행복은 존재한다' 는 말이 있다. 목표가 정확할 때 즐거움과 행복의 에너지는 끝없이 생성될 것이다.

실패를 성공의

성공하는 삶을 만들어가는 습관

밑거름으로 활용하자

'성공이 성공을 불러들인다' 는 속담이 있다. 어떤 한 가지 일에 성공하면 그 성공 경험이 자신감으로 누적되어 다음 성공을 부른다는 것이다. 실제로 성공한 많은 이들을 보면 작은 성공에서 조금 더 큰 성공으로 변화되는, 지속적으로 꼬리를 무는 성공을 경험했다는 것을 알 수 있다.

목표를 달성하기 위해서는 한 걸음 한 걸음 착실하게 전진하는 것이 중요하다. 한 순간에 큰일을 하려고 하면 대부분 실패한다. 지나친 욕심은 화를 부른다는 말과도 일맥상통한다.

큰 일이 아니어도 좋다. 우선 눈앞의 목표를 달성하여 성공 체험에서 오는 자신감을 얻은 뒤에 한 발 더 앞으로 나아가는 것이다. 눈앞의 목표를 달성하면 마음은 다음 목표로 향하게 된다. 다음 목표가 조금 어려운 것이라 할지라도 성공 확률은 높아질 수밖에 없다. '지난 몇 년 간 열심히 했더니 목표를 달성할 수 있었다. 그 일에 성공했으니 이번에도 틀림없이 성공할 수 있을 거야' 하는 긍정적인 생각이 동반되기 때문이다. 앞의 성공 체험이 다음 목표 달성을 위한 에너지가 되는 것이다.

반대로 처음부터 커다란 목표에 도전했다가 실패만 하는 사람들도 적지 않다. 당연히 성공 체험은커녕 실패 체험만 맛보게 된다. 앞서 말한 속담의 반대가 되어버리는 것이다. 이를 테면 '실패는 다음 실패를 불러 온다'는 법칙대로 되어버리는 것이다. 그렇다면 실패의 도미노에 빠지지 않기 위해서는 실패가 일어나지 않도록 자신의 손이 닿을 만한 목표, 즉 실현가능성이 높은 가장 현실적인 목표부터 먼저 도전해나가는 것이 좋다.

성공이 성공을 불러오는 것과는 반대로 '실패는 성공의 어머니'라는 교훈도 있다. 그렇다면 이 상반된 논리를 어떻게 받아들여야 할까?

성공이란 어떤 일의 결과를 말한다. 사실, 성공하기까지의 과정에는 크고 작은 여러 번의 '실패'가 있었을 것이다. 그렇다면 성공한 사람들은 실패에 대한 경험을 남다르게 활용한다. 이를 테면 실패를 경험한 후 그 속에서 새로운 교훈이나 방법을 찾아냈다는 것이다. '이번에 실패한 이유는 내 방법이 좋지 않았기 때문이다'라고 생각하면 여러 가지 반성할 점이 생겨난다. 결국 같은 실패를 반복하지 않게 된다. 반대로 일이 제대로 풀리지 않았을 때, 남의 탓으로만 돌리면 그 실패에 대한 경험은 무의미하다. 그저 실패 그 자체일 뿐인 것이다.

살아가는 동안 누구나 실패를 경험하게 된다. 그럴 때마다

'실패의 원인은 내게 있다'고 받아들이면 된다. 실패 그 자체를 겸허하게 받아들이면 자연스럽게 그 원인을 없애기 위해 열심히 노력하게 된다. 따라서 다음에는 일을 잘 해나갈 수 있다. 말 그대로 '실패는 성공의 어머니'라는 결과를 맺게 되는 것이다.

젊은 날 여러 차례 실패를 되풀이했지만 결국 기업을 크게 일구어 물류업계 중견기업 회장이 된 K회장은 언젠가 방송에서 성공을 위한 포인트는 '실패의 원인은 내게 있다'는 태도로 일관하는 것이라고 말한 바 있다. 그리고 그는 "기업의 대표라면 실패에 좌절하거나 연연하지 말고 자신의 경영과정에서 무엇이 잘못되었는지에 대해 엄밀하게 따져보고 그 다음에는 같은 실수를 반복하지 않기 위해 신중을 기하면서 해야 할 일을 추진해 나가야 한다."고 강조했다. 한 마디로 그는 실패를 성공의 밑거름으로 잘 활용한 경영자였던 것이다.

매너리즘에서

성공하는 삶을 만들어가는 습관

탈출하자

"뭐 신선한 일 없을까?"

적지 않은 사람들이 입버릇처럼 자주 하는 말이다. 이런 말을 하는 사람들의 상태는 현재의 일상이나 일이 늘 같은 반복, 즉 다람쥐 쳇바퀴 돌듯 한 것이다. 특별히 힘들거나 어려운 것도 없고 그렇다고 해서 새롭고 신선한 그 어떤 일도 없는 것이다. 따분하다는 것은 갑갑하다는 것이고 그 갑갑함이 차고 넘치면 고통이 된다. 그러니 뭔가 활기를 불어넣어 줄 만한 자극적인 사건이 나타나길 기대하는 것이다.

우리의 두뇌는 한 가지 일을 계속하면 거기에 적응을 한다. 그만큼 능률도 오른다. 반면에 같은 상황이 장기간 지속되다 보면 사고나 행동이 고정되어버리는 경향이 나타난다. 이는 그 누구도 피할 수 없는 현상이다. 즉, 지금까지 해온 행위가 타성에 젖는 것이다. 이를 두고 우리는 흔히 '매너리즘에 빠진다'고 말한다.

따분해서 견딜 수 없는 심경에 빠져든다. 그렇게 되면 새로운 방법으로 해보겠다는 의욕은 생겨나지 않는다. 당연히 능률이 떨어지기 마련이다. 이처럼 매너리즘, 즉 타성에 젖지 않기 위한 대책은 없는 걸까?

그렇다면 한번 이런 방법을 택해 보자. 일단 어떤 새로운 일을 시작하려 할 때 환경을 바꿔보는 것이다. 무엇이든 상관없으니 기분이 새로워질 만한 상황을 갖추는 것이다.

예를 들어서 분위기가 완전히 바뀔 수 있도록 자신의 책상을 정리해보는 것도 한 가지 방법이다. 그와 동시에 전에 했던 일과 관계된 것들은 눈에 띄지 않는 곳으로 치워버리는 것이다. 사소한 일 같지만 이런 작은 환경변화로 새로 출발하는 듯한 기분을 만드는 것은 매우 중요한 일이다.

심적 타성에서 벗어나 새로운 목표에 대한 의욕을 불러일으키기 위해서는 그야말로 '변화'가 핵심이다.

소극적인 사람일수록 기존의 환경을 바꾸는 데 서툴다. 쉽게 타성에 젖어버리기 때문이다. 그렇게 되지 않기 위해서는 새로운 변화가 중요하다. 변화를 위한 또 한 가지 효과적인 방법이 있다. 하루 중 가장 먼저 하는 작업, 즉 '출발'이다. 그 출발은 자신이 그날 해야 할 일 중 가장 자신 있는 일부터 하는 쪽을 선택하는 것이다. 자신 있는 일이기 때문에 기분 좋게 해낼 수 있다. 그런 기분이 다음 일에 대한 원동력이 된다. 다시 말해 먼저 작은 일에서의 성공 체험으로 자신의 기분을 끌어올려 기분 좋게 출발하는 것이다. 출발이 좋으면 그 다음 이어지는 일도 술술 풀리기 마련이다. 첫 단추를 잘 꿰어야 한다는 속담과도 같은 논리다.

매너리즘에서 벗어나는 방법으로 환경을 바꾸는 테크닉이 한 가지 더 있다. 현재 순조롭게 진행되고 있는 일을 오늘 다 끝내지 않는 것이다. 내일을 위해서 조금 남겨두는 것이다.

이럴 경우 의외로 다음날 출발은 한결 즐겁고 신나기 마련이다. 전날 순조롭게 진행했던 일인 만큼 막힘이 없이 일이 진행되어서 또 하루를 순조롭게 열 수 있게 된다.

자신감을 갖고

성공하는 삶을 만들어가는 습관

임해라

한번은 지인과 함께 씨름 경기를 보러 간 적이 있다. 우리가 앉은 자리는 씨름판 바로 앞에 있는 좌석이었다. 덕분에 장사들의 표정을 아주 자세하게 볼 수 있었다. 선수들의 모습을 관찰하면서 나는 한 가지 사실을 발견했다. 선수들의 표정에 관한 것으로, 상대방과 경기에 들어가기 전까지의 표정이 승패와 연관된다는 사실이었다.

씨름판에 오르는 선수의 표정을 보면 의욕이나 자신감 등의 마음 상태가 그 사람의 눈빛이나 얼굴 표정에 드러나는 것을 읽을 수가 있었다. 선수들은 컨디션이 좋을 때 상대편을 차례대로 쓰러뜨렸다. 자신감이나 의욕과 같은 감정이 몸 전체를 지배하는 것이다. 표정에도 그것이 역력히 나타났다.

장사선발대회 첫날부터 그다지 강하지도 않은 상대에게 패한다면 그 대회의 성적은 어떨까? 설령 천하장사라고 하더라도 그는 상당한 마음의 동요를 느낄 것이다. 여차하면 약한 마음의 지배를 받을 수밖에 없다. 그러면 둘째 날도, 셋째 날도 힘없이 모래판에 나뒹굴게 된다.

그 때 나는 동석한 지인에게 "이번 승부에서는 저쪽 장사가 이길 겁니다."라고 귓속말을 건넸는데, 결과는 늘 내가 말한 그대로였다. 나의 예언이 대부분 적중했기 때문에 지인은 매우 놀라워했다. 물론 때려 맞힌 것에 불과하지만 씨름판에 올라섰을 때 얼굴에 의욕이나 자신감이 드러났던 선수들은 한결같이 그 기운이 경기 결과에 매우 긍정적인 영향을 미치는 것은 분명했다.

해낼 수 있다는 당당한 자신감과 의욕이 결과에 미치는 긍정의 힘은 비단 씨름에만 국한된 얘기가 아니다. 어떤 승부에나 적용될 수 있다. 마음가짐이 곧 키워드인 것이다. 비즈니스 세계에도 마찬가지다. 생각만큼 실적이 오르지 않아 어려운 상태에 놓이면 누구나 초조함을 느끼기 마련이다. 자신은 불안함으로 날카로워져 있는데 경쟁자는 자신만만 여유만만한 기세. 그러다 보면 한층 더 화가 나고 쓸데없는 발버둥으로 이어지면서 악순환에 빠지고 만다.

우리는 일을 해나가면서, 혹은 가정생활에서도 어려움에 부딪히는 경우가 종종 있다. 그럴 때마다 쉽게 낙담해버리는 사람도 있지만 반대로 그것을 기회라고 생각하여 전화위복으로 만들어가는 사람도 있다. 장사가 안 되는 음식점이 있다고 치자. 그 가게에 당장 필요한 것은 주인이 마음 자세를 회복하는 일이다. 지금까지 음식의 맛은 어땠는지, 손님을 대하는 태도가 불손하지는 않았는지, 점포의 인테리어는 문제가 없는지 등을 다시 한 번 생각해 볼 기회인 것이다. 진솔한 마음으로 대처해나가면 반드시 길은 열린다.

　인류의 역사를 살펴보면 전쟁이나 천재지변이 있을 때마다 새로운 영웅이 태어난다. 그 영웅에겐 남다른 지혜가 생겨나며 그것이 곧 영웅으로 하여금 위기를 극복하고 승리를 거두는 포인트로 활용된다. 따라서 어떤 상황에서든 또 어떤 어려운 일이든 마음속으로 '할 수 있다', '이길 수 있다'는 자신감을 갖고 임한다면 위기를 극복하는 것은 그리 어렵지 않을 것이다.

적극적인 사고를
성공하는 삶을 만들어가는 습관
지닌 사람과 친해라

캐나다의 미디어 이론가이자 문화비평가인 마샬 맥루한(Herbert Marshall McLuhan)은 '사람은 앞을 보고 있는 것 같지만 사실은 뒤를 보고 있다'라고 말했다. 이는 사람들이 모든 일을 적극적으로 생각하고 있는 듯하지만 의외로 소극적으로 바라보게 되는 경우가 많다는 것을 가리켜 한 말이다.

인간의 뇌는 긍정적인 사고를 할 때와 부정적인 사고를 할 때 전혀 다른 움직임을 보인다. 밝은 쪽으로 생각을 하면 기분 상으로도 즐거워진다. 혈액의 흐름도 좋아지고 몸도 가벼워진다. 집중력도 좋아지기 때문에 좋은 아이디어도 쉽게 떠올리게 된다. 반대로 어두운 쪽으로 생각을 하면 우선 불안감이 커진다. '이것도 아니야, 저것도 아니야, 이것도 안 돼, 저것도 안 풀려……'라며 미리 걱정부터 하기 때문에 머릿속의 사고가 혼란스러워진다. 이쯤 되면 무슨 일을 해도 마음먹은 대로 되지 않는다. 하는 일마다 악순환에서 벗어나지 못한다. 이런 사람들은 대체로 건강도 좋지 않아서 언제나 위의 상태가 좋지 않으며 두통을 호소하기도 한다.

회사의 인사이동으로 지방 전근을 통보 받았다고 하자. '이를 어쩌지. 그런 촌구석으로 쫓겨나다니. 정말 재수 없군'이라며 어둡게 받아들이는 사람은 '마이너스 사고형 인간'이다. 이런 사람은 출세할 가능성이 적은 사람이라고 할 수 있다. 무슨 일이든 마음대로 되는 것이 없음을 알면 부족함 즉 불만이 없다.

지금 회사에서 나름대로 높은 지위에 오른 사람이라 할지라도 거기에 이르기까지의 길은 결코 순조롭지만은 않았을 터이다. 잇따른 전근에 휘둘리기도 하고 때로는 좌천이나 강등도 있었을 것이다. 그럼에도 불구하고 이런 시련에도 굴하지 않고 지금의 지위에 오른 사람들은 모두 '플러스 사고형 인간'이다. 같은 조건의 전근이라 할지라도 플러스 사고를 가진 사람은 다른 식으로 받아들인다. '지방도 나쁠 건 없지. 그곳에서 성과를 거두면 눈에 띄게 돼. 나를 어필하기에 좋은 기회야. 비교적 공기도 좋고 신선한 야채나 생선도 먹을 수 있잖아'라며 긍정적으로 받아들인다. 과거에 연연하면 새로운 길은 열리지 않는다. 연기를 해도 좋으니 낙천적으로 행동하고 밝은 쪽으로 생각하는 습관이 중요하다.

인간은 환경의 지배를 받는다. 따라서 '플러스 사고형 인간'이 되려면 가능한 한 적극적인 사람과 사귀는 습관을 갖는 것이 반드시 필요하다. 사람은 끼리끼리 모인다는 '유유상종의 법칙'은 예나 지금이나 통하는 말이다. 이는 한 사람이 살아가면서 만나게 되는 수많은 사람들과의 인간관계를 결정짓는 동시에 성공과 실패를 좌우하는 포인트이기도 하다.

미리 부정적으로

성공하는 삶을 만들어가는 습관

단정짓지 말자

"지난 밤 잠자리에 들기 전에 커피를 마셨더니 신경이 날카로워져서 제대로 잠을 자지 못했네."라며 졸린 눈을 비비며 일어나는 사람들이 있다. 과연 그 사람은 커피 때문에 수면을 취하지 못한 것일까?

잠을 제대로 자지 못한 것을 커피의 탓으로 돌리는 사람들은 '커피를 마시면 신경이 날카로워진다'는 생각을 가지고 있었던 사람들이다. 따라서 '커피를 마시면 잠들지 못한다'라고 미리 규정해버렸기 때문에 그 생각대로 결과가 나온 것이다.

이와는 반대의 습관을 가진 사람들은 어떨까? '잠자기 전에 커피를 마시지 않으면 잠들지 못한다'고 말하는 사람들이다. '마시면 잠을 못 잔다'고 규정해버린 사람의 입장에서 보자면 도저히 믿을 수 없는 말이지만 실제로 이런 사람들이 존재한다.

커피가 그 자체만으로 수면을 방해하지는 않는다. 잠을 잘 자는 사람과 잘 자지 못하는 사람들이 커피에 의해 받는 영향에는 큰 차이가 없다는 것이 정설이다. 다만 사람마다 카페인에 대한 민감성과 감내성의 정도가 다르기 때문에 커피로 인해 잠을 잘 자지 못하는 사람도 있을 뿐이다. 불면증으로 고통받는 사람일수록 카페인 같은 흥분제에 보다 예민하게 반응하므로 이런 차이를 낳는 것이다.

커피와 수면의 상관관계 여부를 놓고 볼 때 사람은 누구나 기분의 영향을 받는다는 사실을 명확하게 알 수 있다. 일종의 자기암시가 가져다주는 결과다. 특히 신경질적인 사람일수록 무슨 일에 대해 이러저러할 것이라고 미리 결정해버리는 경우가 많다.

예를 들면 '사람들 앞에서 얘기를 하면 흥분해버린다'고 생각하는 사람들이 의외로 많다. 그런 사람들은 틀림없이 사람들 앞에서 흥분했던 경험이 있을 것이다. 따라서 이번에도 틀림없이 그럴 것이라고 지레짐작하는 것이다. 흥분하게 되면 무슨 일에서나 본래 자신이 가지고 있는 것의 절반 정도밖에 힘을 내지 못한다. 그렇다면 흥분을 없앨 수 있는 방법은 없을까?

무엇보다도 먼저 '흥분하는 것은 나뿐만이 아니다'라는 사실을 인식하자. 나만 흥분한다고 생각하면 사람들 앞에 서는 것에 공포심을 느끼게 된다. 바로 이 점이 중요하다. 사람들을 보면 아주 침착하게 이야기하고 있는 것처럼 보이지만 사실은 그들이 흥분하고 있다. 단지 내가 모르고 있는 것뿐이다. '화술의 신'이라고 불렸던 유명 강사도 연설 전에는 언제나 흥분 상태였다고 한다.

독일의 심리학자인 빌헬름 분트가 인간의 본능에 대해 내린 해석을 참고해 볼 필요가 있다. 그는 본능을 크게 두 가지로 나눈다. 하나는 '종족 보존의 본능'이고, 또 다른 하나는 '개체 보존의 본능'이다. '개체 보존의 본능' 중에는 집단에 대한 본능이 있다고 한다. 즉, 인간이 많은 사람들 앞에 서면 공포라는 본능이 작용한다. 자신을 지키는 일종의 방어 본능이다. 이것은 인간의 본능이기 때문에 모든 사람이 가지고 있다. 따라서 사람들 앞에서 흥분을 하는 것은 당연한 일인 것이다.

행복한 삶을 만들어가는 습관

노력을 중단하는 것보다 더 위험한 것은 없다.
그것은 습관을 잃는다.
습관은 버리기는 쉽지만, 다시 들이기는 어렵다.
빅토르 마리 위고

실패의 늪은

행복한 삶을 만들어가는 습관

빨리 벗어나야 한다

지금까지 살아오면서 '나는 단 한 번도 실패를 한 적이 없다' 라고 말할 수 있는 사람은 세상에 단 한 명도 없을 것이다. 우리가 무엇인가를 하려고 할 때 실패는 늘 우리를 따라다니게 마련이다. 이 말은 언제든지 실패라는 결과가 나타날 수도 있다고 생각해야 한다는 것이다.

실패는 누구에게나 나타난다. 다만 소극적인 사람은 실패를 맛보게되면 '실패했다' 는 마음만이 강하게 남기 때문에 더욱 소극적으로 변해버린다. 따라서 실패의 경험을 그대로 방치하거나 내버려 두지 않는 것이 중요하다.

실패 경험을 없애는 데는 이런 교훈도 도움이 될 것이다. 일본에서 '야구의 신' 이라고 불렸던 가와카미 데쓰하루는 알려진 대로 현역시절에 유명한 선수였고 은퇴 후에도 자이언츠의 감독으로 활약했다. 그는 "야구를 잘하느냐 못하느냐는 그 팀의 '승리에 대한 집착'에서 판가름 난다."고 말했다. 또 제아무리 강한 팀이라 할지라도 반드시 기복이 있기 때문에 때로는 지기도 하지만 승리에 대한 집착을 항상 가지고 있는 팀의 진가는 바로 그럴 때 뚜렷하게 드러난다고 했다.

예를 들면 승부가 결정된 것처럼 보이는 시합에서도 결코 포기하지 않는 것이다. 매 회마다 선두 타자는 무슨 짓을 해서라도 출루하겠다는 마음을 갖는 것이다. 상대 투수에게 당한다 할지라도 끈질기게 버텨 공 하나라도 더 던지게 하여 상대 팀의 구원투수를 끌어내는 것이다. 이와 같은 집념이 역전을 낳으며 그리고 내일의 승리로 이어진다는 것이다.

가와카미 데쓰하루의 충고는 이게 전부가 아니다. 집념으로 역전을 이룬 팀이라고 할지라도 마음이 조금이라도 느슨해지면 바로 해이한 방향으로 흐르려는 분위기가 생겨난다고 한다.

따라서 감독은 늘 선수들이 긴장감과 적극적인 자세를 잃지 않도록 유도해야 한다고 말한다.

"자신이 해야 할 일을 알고 있으면서도 그것을 게을리한 선수가 있으면 나는 그 선수를 아주 엄하게 야단쳤다. 하지만 아직 가르치지 않은 부분에서 실수한 경우에는 야단을 치지 않았다. 그저 연습에 정진하도록 했다. 실수한 것은 어쩔 수 없는 일이다. 누구나 그럴 수 있다. 하지만 오늘 시합에서의 실수는 좀 더 연습을 해뒀다면 막을 수 있었을 것이라고 주의를 주곤 했다."

실패는 한 발 더 나아가기 위한 도움닫기라고 생각하면 마음이 편하다. 설령 실패를 거듭하게 될지라도 '이번에야말로 다시 한 번 잘해 보자' 라는 적극성이 생겨난다. '실패는 성공의 어머니' 라는 말은 명언임에 틀림이 없다. 성공한 수많은 유명인들이 실패를 경험했고 그들은 실패에서 얻은 교훈을 성공을 만드는 에너지로 활용했기 때문이다.

나만의 장점
행복한 삶을 만들어가는 습관
한 가지는 살리자

브레인스토밍(brainstorming)이라는 것이 있다. 1941년에 미국의 광고 회사 부사장 알렉스 F. 오즈번이 제창하여 그의 저서 『독창력을 신장하라』를 통해 널리 알려진 용어로, 이는 현대 기업이나 조직사회에서 많이 활용하는 아이디어 발상 기법이다. 쉽게 말하면 일정한 테마를 놓고 회의형식을 채택하여 구성원들의 자유발언을 통해 아이디어를 찾아내는 회의다.

브레인스토밍에는 몇 가지 규칙이 있다. 그중 대표적인 한 가지가 '타인이 낸 아이디어를 무턱대고 부정하지 않는다' 는 조건이다. 예를 들어 누군가가 발언했을 때 "그런 게 가능하겠어?"라든가 "그렇게 많은 비용을 어떻게 감당해?"라고 미리부터 단정해서는 안 된다. 갑자기 부정하는 말을 듣게 되면 발언자는 더 이상 발언하고 싶어지지 않기 때문이다. '이런 말을 하면 또 핀잔을 듣게 될 거야'라며 지레 움츠러들게 된다.

사람들은 누구나 실패를 두려워한다. 그렇기 때문에 새로운 아이디어가 떠올라도 '이건 어렵다' 혹은 '이렇게 하면 실패할 게 뻔하다'며 처음부터 책임을 회피하려고 한다. 떠오른 아이디어의 싹을 스스로 전부 꺾어버리고 마는 것이다. 이런 일이 몇 번 거듭되다 보면 '역시 나는 머리가 굳었어', '나는 안 돼' 하는 생각이 들어 실망감에 빠지고 만다. 그렇게 되면 무슨 일에서나 소극적으로 임하게 되어 자신이 솔선해서 무엇인가를 해야겠다는 적극적인 자세로부터 멀어진다. 언제나 '누군가가 발언하겠지' 하는 식의 소극적인 생각에 빠져버리는 것이다.

나약한 사람, 언제나 비관적인 생각을 가지고 있는 사람을 적극적으로 만드는 방법이 있다. 그것은 '잘하는 것' 한 가지를 갖게 하는 일이다. '좋아하는 것이야말로 능숙함이다'라는 속담처럼 자신이 좋아하는 일을 장점으로 살리는 것이다.

예를 들어서 B는 영화를 좋아한다고 치자. 그에게는 영화에 관해서라면 누구에게도 지지 않을 만큼 자세히 알고 있다는 장점이 있는 것이다. 그렇다면 B는 그 장점을 살려서 다른 사람과의 차이를 만들어갈 것이다.

어떤 새로운 일을 시작할 때는 오지도 않은 앞일에 대해 미리 걱정하는 것은 금물이다. '나에게는 남에게 뒤지지 않을 만한 한 가지 장점 있다'는 의식을 무기로 삼는다면 그것은 곧 긍정의 힘으로 작용하여 적극적인 태도로 바뀌게 될 것이다.

사람은 누구나 태어날 때 한 가지 재주는 갖고 태어난다고 한다. 지금부터라도 나만의 장점을 찾아보자. 그리고 그것을 내세우자. 매사에 스스로 달라져가는 자신을 보게 될 것이다.

내 삶의 기본 이념은

행복한 삶을 만들어가는 습관

무엇인가?

친한 선배 중 한 사람인 K는 건설회사 사장이다. 그는 본래 대학 교수였는데 부친인 창업자가 갑자기 세상을 떠나는 바람에 급히 사장 자리에 오른 사람이다. 물론 그는 창업자의 장남이기도 하다.

명문대학 출신인 그는 말 그대로 학자다. 그의 학자적인 풍모에서는 지성미가 느껴진다. 하지만 건설회사 사장으로서는 뭔가가 부족하기에 믿음직스럽지 못한 면이 있다. 말하는 모습, 몸짓 등에 특별히 결점이 있는 것은 아니다. 그러나 그의 전체적인 모습에서 풍겨 나오는 분위기에는 경영자로서의 매력이 없다. 그러다 보니 알 수 없는 불안감마저 느껴진다. 지성미가 자랑거리인 K지만 전체적으로 풍기는 파워, 인간적인 매력은 찾아볼 수가 없다. 창업자인 그의 부친과 같은 강한 인상를 느낄 수가 없다. 이는 다시 말해 건설회사 사장으로서 '그릇'이 작다는 얘기다.

　창업자는 상당히 독단적인 사람으로 그 앞에서 사원들은 언제나 부들부들 떨었다. 하지만 어떻게 된 일인지 사원들은 창업자를 매우 존경하고 믿었다고 한다. 강렬한 파워와 함께 인덕도 갖춘 인물이었기 때문이다.

　회사를 경영하는 데 조직이나 기술력 등은 매우 중요한 요소다. 그러나 그것을 활용하는 것은 사람이다. 조직을 만들고 새로운 설비나 기술을 도입한다 하더라도 그것을 움직이는 사람이 없으면 성과를 거둘 수 없다. 따라서 사업을 할 때는 무엇보다도 먼저 사람을 키우지 않으면 안 된다. 그렇다면 어떻게 해야 사람을 키울 수 있을까?

　지인 중 한 사람인 경영컨설턴트 J는 기업경영에 있어서 자고로 경영자는 '자신의 기업이 무엇을 위해 있는 것인지, 그리고 어떤 생각으로 경영해나갈 것인지'에 대한 기본 이념을 확실히 세워놓는 것이 가장 중요함을 전제조건으로 내세운다.

　기본적인 생각이 확실하게 잡혀 있으면 그것을 바탕으로 부하를 지도할 수 있다는 것이다. 그런 것이 없으면 일관성 있게 부하를 지도할 수 없다. 때에 따라서는 방침이 어긋나기도 하고 혹은 순간적인 감정에 휩싸여 말을 하므로 타인에게 나쁜 인상을 받을 수도 있지만 그게 인재를 키우는데 큰 걸림돌은 되지 않는다고 한다.

　J는 "경영 이념이란 단순히 종이에 적어둔 문구가 아니다. 그것은 직원 한 사람 한 사람의 피와 살이 되어야만 비로소 활용할 수 있는 것이다. 따라서 평소에 늘 직원들에게 그런 사실

을 알려 그것이 몸에 배도록 만드는 것이 중요하다."고 말한다.

　J의 이 같은 조언은 비단 회사의 경영에만 국한되는 얘기는 아니다. 누구나 자기 자신의 삶에도 적용할 수 있다. 그렇다면 지금 스스로에게 물어보아야 한다.

　"내 인생의 기본 이념은 무엇인가?"라고.

새로운 변화를

행복한 삶을 만들어가는 습관

즐겨라

인간에게는 '안전해지고 싶다'는 본능이 있다. 무슨 일에서든지 '안전한 것이 좋다'고 생각하는 것이다. 위험한 일은 피하고 싶어 하다 보니 모험하기를 꺼린다. 하지만 우리 인생에서 100퍼센트 안전이란 있을 수 없다. 내일의 날씨도 정확하게 예측하기 어렵다. 매우 안정된 기압배치가 아닌 이상 '절대로 맑다'고는 단정할 수 없다. 오전에는 맑았지만 갑자기 흐려져 장대 같은 비가 쏟아지는 경우도 있다. 예측하지 못했던 사태가 벌어지는 경우가 다반사다. 특히 요즘처럼 문명의 발달로 인해 시시각각 변화무쌍한 시대에서는 그야말로 한치 앞을 내다보기 힘들 만큼 예측불허한 일들이 수없이 많이 나타난다.

우리의 인생도 마찬가지다. 생각지도 못했던 사고를 만나는 경우가 흔히 있다. 앞일은 누구도 예측할 수 없다. 그렇다고 해서 쓸데없이 앞

일을 걱정할 필요는 없다. 나오지도 않은 귀신을 두려워할 필요가 없는 것처럼 쓸데없이 앞일을 걱정하는 것은 자신의 삶에 아무런 도움도 되지 않는다.

새로운 분야에서 성공을 거둔 사람들이 공통적으로 하는 말이 있다. '새로운 분야라고 해서 두려움 같은 것은 없었다. 오직 하나 일단 부딪쳐 보자는 마음으로 임했다'는 것이다. 이를 테면 목표를 정하고 그것만 바라보고 달렸다는 식이다. 그들이라고 해서 어려운 일이 왜 없었겠는가? 하지만 온갖 난관들과 과감하게 부딪혀서 극복해낸 결과 성공이라는 것을 거머쥐게 된 것이다.

앞에 무엇이 있을지 그것은 아무도 모른다. 그렇다고 해서 앞일을 쓸데없이 걱정할 필요는 없다. '두려워하지 않는 자에게는 길이 열린다'는 말이 있다. 목표가 있다면 도전하는 것이다. 용기를 가지고 부딪쳐 나아가는 것이다. 미리부터 다가올 어떤 어려움에 대해 두려움에 떨면 아무것도 해낼 수가 없다.

우리가 변화를 두려워하는 것은 새로운 일을 시작했다가 실패하고 싶지 않기 때문이다. 하지만 '고인 물은 썩는다'는 격언처럼 우리의 인생도 마찬가지다. 정체해 있으면 발전이 없다. 오히려 퇴보된다. 바로 이 정체된 상태를 두고 우리는 매너리즘에 빠져 있다고 말한다. 매너리즘에서 탈피할 수 있는 방법이 있다. 그것은 '새로운 상황'을 의식적으로 만들어내는 것이다. 평소 하고 있는 일을 조금 바꿔보는 것만으로도 큰 효과를 볼 수 있다. 예를 들어 평소보다 한 시간 일찍 일어나 보자. 일찍 일어나서 얻은 한 시간에 무언가를 하는 것이다. 독서를 하거나 산책을 하면 어제와는 다른 새로운 세상이 열린다. 출퇴근길을 바꿔보는 것도 좋다. 거의 가본 적이 없던 거리를 걷다 보면 새로운 발견을 할 수 있다.

자신의 환경이나 생활방식을 가능한 한 변화시키는 노력은 반드시 필요하며 매우 중요하다. 변화를 통해 사고의 유연성과 감수성을 키우는 것이다. 유연성이 있는 사람은 정신적으로도 안정되어 있다. 슬럼프에 빠지는 일도 없다. 그런 사람들은 언제나 스스로 신선한 자극을 만들어 내기 때문이다.

'고인 물은 썩는다'는 교훈은 다른 말로 '구르는 돌은 이끼가 끼지 않는다'는 말을 떠올리게 한다. 고인 물과 구르는 돌 중 어떤 것을 택하느냐는 자신에게 달려 있다.

행운과 불운은

행복한 삶을 만들어가는 습관

마음이 결정한다

"정말 복 없어."

"왜 이렇게 운도 없고 재수가 없는 거야?"

"귀신이 붙었는지 뭐 하나 제대로 되는 일이 없네. 참 운도 없어."

일이 뜻대로 풀리지 않는다거나 갑자기 불어닥친 좋지 않은 현실에서 이처럼 불평을 늘어놓는 사람들이 적지 않다.

운의 좋고 나쁨은 존재한다. 입학시험에서 경쟁자가 몰리지 않아 운 좋게 합격하는 수험생도 있고, 중요한 비즈니스 약속시간에 늦을 것 같아 조바심을 내고 있는데 늘 막히던 도로가 그날따라 한적해서 약속 10분 전에 안전하게 도착했다면 이것은 정말 운이 좋은 것이다. 하지만 우리는 '운'을 운운하기 이전에 운이 나쁜 것은 자신에게도 문제가 있다는 방증이라는 것을 알아야 한다.

듀크 대학교 심리학자인 J. B. 라인 박사는 "당신이 맞이하고 있는 운은 당신이 결정하고 있는 것이다."라고 했다. 우리 모두는 각자 자신의 운명을 스스로 만들어가고 있다는 의미다. 좋지 않은 운이 찾아오기를 바라는 사람은 세상에 아무도 없다. 너무나도 당연한 말이다. 우리는 의식적으로 악운을 바라지 않는다는 것이다. 하지만 우리가 명심해야 할 것이 있다. 잘못된 생각이나 행동 때문에 무의식적으로 불운을 불러들이는 경우가 있다는 것이다.

J. B. 라인 박사의 말처럼 행운이냐 불운이냐 하는 운의 종류는 분명히 자신이 결정한다. 이는 다시 말해 행운을 불러들이기 위해서는 자신이 어떻게 하면 되는지를 확실히 알 수 있다는 얘기다. 그 핵심은 간단하다. 우선 어떤 일을 할 때, 나쁜 결과를 상상하지 않는 것이다. 이를테면, 운이 좋지 않았을 때의 결과를 마음속으로 그리지 말고 일을 능숙하게 처리해 성공했을 때의 모습을 마음속으로 그려보는 것이다.

행운과 불운을 불러오는 차이는 쉽게 말해 마인드를 긍정과 부정 중 어떤 쪽으로 밀고 나가느냐에 달려 있다. 전혀 예상치 못한 일이 일어날지라도 긍정의 마인드는 '그래 이런 일은 얼마든지 일어날 수도 있는 일이다'라고 믿으며 대응한다. '왜 하필이면 오늘 이런 일이'라는 부정적인 마인드로 자신에게 불운이 닥친 것이라고 인정하고 들어가지 말아야 한다. 물론 더욱 중요한 것은 행동이다.

행운을 불러들이기 위해서는 열심히 행동하는 것이 중요하다. 뜻을 세워 일을 시작했다면 한두 번 정도 실패했다고 해서 포기하지 말아야 한다. 세상은 늘 변화하고 있다. 한 번 실패하여 목적을 이루지 못했다 하더라도 거기에 굽히지 말고 끈질기게 노력하는 것이 중요하다.

신제품 하나를 만드는 과정에서 수천 번의 실패를 했음에도 불구하고 포기하지 않고 다시 도전하여 명품을 탄생시킨 어느 기업인의 긍정과 도전처럼 긍정을 앞세워 그렇게 하면 반드시 정세가 유리한 쪽으로 바뀌게 된다.

우리가 평소 말하고 있는 '실패'란 어떤 것일까? 그것은 성공하기도 전에 중도에 포기해버리는 것을 말한다.

이런 격언이 있다.

'성공할 때까지 계속하면 성공한다'

그러니 성공과 실패, 행운과 불운의 갈림길에서 어느 쪽으로 갈 것인지는 자기 자신의 생각과 행동에서 시작된다.

'자신 없다'는 사고는
행복한 삶을 만들어가는 습관
금물이다

K는 젊은 시절 권투 선수였다. 그는 현재 체육관을 운영하고 있으며 그와 이야기를 나누다 보면 권투계에 관한 이런저런 숨은 얘기들을 알게 된다. 그가 한 말 중에서 정말 옳은 말이라고 느낀 것이 있다. 그것은 강한 선수로 기르기 위한 비결이었다.

그의 말에 의하면, 어느 정도까지 연습을 시켜보면 어느 선수가 유망한지 알 수 있다고 한다. 그것을 알고 나면 점찍어 둔 선수는 특별히 소중하게 키운다는 것이다. 물론 요령이 필요하다. 무엇보다 유망 선수에게는 '실패 체험'을 맛보지 않게 하는 것이 가장 중요한 포인트라고 한다. 무슨 일이 있어도 '질 것 같다' 또는 '자신 없다' 등과 같은, 실패 체험과 연결되는 감정을 품지 못하도록 한다는 것이다. 따라서 처음에는 그 선수가 이길 수 있을 것 같은 상대하고만 대전을 성사시켜 성공 체험을 쌓도록 하는 것이다. 그런 다음 점점 강한 상대와 싸워 승리를 거두게 하는 식이다. 승리감을 맛보면서 기술을 익히게 하는 것이 강한 선수를 키우는 비결인 것이다. 자신감은 커다란 힘을 낳기 때문이다.

이 원리는 우리의 일상생활에도 적용할 수 있다. 무슨 일이든 목표를 달성하기 위해서는 한 걸음씩 차근차근 노력해 나갈 필요가 있다. 또 그런 과정 속에서 성공 체험을 맛보는 것이 중요하다. 작은 성공 체험을 쌓아가다 보면 그것이 커다란 자신감이 되고 그것이 더 쌓이면 꿈만 같았던 대성공을 이루게 되는 것이다.

인간의 육체적인 힘은 30세 전후가 정점이라고 한다. 그리고 기력은 40세 정도가 절정인 것으로 알려져 있다. 물론 개인차는 있다. 다만 보통사람들의 경우 40세가 지나면 기력이 점점 떨어지는 것이 일반적이다. 그런데 40세를 훨씬 넘은 사람들이 노익장을 과시하는 일이 종종 나타난다. 젊은이들에게도 지지 않을 만큼 정력적으로 뛰어다니며 부지런히 일을 해낸다. 대체 어떻게 된 일일까? 체력과 기력 모두가 쇠약해진 중년들이 이처럼 훌륭하게 일을 해내고 있는 이유가 무엇일까? 그것은 바로 경험의 힘이다. 지금껏 살아오면서 얻은 경험이 쇠약해진 기력을 메워주고 있는 것이다. 그와 같은 경험의 힘이 있기 때문에 젊은이들보다 더 정력적인 것이다.

단 명심해야 할 것이 있다. 지금 말한 '경험'이란 우리 개개인이 지금까지 살아온 인생에서 맛본 수많은 성공 체험과 실패 체험을 말한다는 것이다.

확신을 갖고

행복한 삶을 만들어가는 습관

임해라

S는 인간관계와 마케팅 전문 강사다. 그가 스물여덟 살 때의 일이다. 한 화장품 회사로부터 의뢰를 받아 강연을 하게 되었다. 본래 이 강연은 다른 강사와 약속돼 있었던 것이었는데 강의를 앞두고 강사가 갑자기 쓰러져 급하게 그에게 의뢰를 해온 것이었다.

강연장에는 화장품 판매점 점주들이 100명 정도 모여 있었다고 한다. 강의라곤 해본 적도 없는데다 나이도 젊으니 그에게 믿을 건 단 한 가지 '할 수 있다'는 용기 밖에 없었다.

초보 강사가 자그마치 두 시간의 강의를 한다는 것은 매우 어려운 일이었다. 그의 표현대로라면 '미쳐버릴 것 같은 긴장의 연속'이었다고 한다.

그로부터 20여 년이 지난 지금 S는 강연 활동이 본업이 되었다. 전국

각지를 돌며 다양한 사람들과 만나고 있는 그는 매일같이 훌륭한 재산을 얻고 있다고 말한다. 그것은 바로 세상에는 참으로 다양한 사람들의 삶이 있으며 '나 이외의 사람은 모두 스승'이라는 격언을 실감한다는 것이다.

그가 강의 활동 중 최근 들어 발견한 사실이 하나가 있단다. 성공에 관한 것이다.

세상에는 무슨 일을 해도 성공하는 사람과 무슨 일을 해도 빛을 보지 못하는 사람이 있다는 사실이다. 운이 좋은 사람과 운이 나쁜 사람이라고 표현해도 좋을 것이다. 그리고 이 두 부류의 사람을 분간하게 해주는 결정적인 열쇠도 있다는 사실을 알게 되었다. 그 열쇠는 도대체 무엇일까?

쉽게 말하자면 그것은 인격이었다. 그리고 그 사람의 인격 저변에 흐르는 기량의 크기와 자신감의 차이다. '사람은 그 그릇의 크기 이상으로는 크지 못한다'는 말이 있다. 즉 성공하느냐 못하느냐의 열쇠는 그 사람의 그릇 크기에 달려 있다는 말이다. 그 뒤에 그 사람의 자신감이 효력을 발휘한다.

예를 들면 걱정을 품은 채 세운 계획은 플러그가 젖어서 점화되지 못하는 엔진과 같다. 그릇이 작은 사람은 언제나 플러그가 젖어 있다. 그 때문에 희망과 자신감을 폭발시키지 못하고 늘 제대로 불이 붙지 않을 것이다.

큰 성공을 거둔 사람들은 다르다. 그들은 무엇보다도 사고방식과 표현이 긍정적이다. 무슨 일이든지 적극적이며 "이렇게 하면 어떨까? 저렇게는?" 하며 능동적으로 일에 몰두한다. 그렇게 하다 보면 자신이 바라고 있는 행운이 가까워지고 있음을 잘 알기 때문이다.

　성공하는 이들의 특징 중 한 가지는 강한 확신을 가지고 있다는 것이다. '아마 괜찮을 거야'가 아니라 그들은 '반드시 잘 될 거야'라는 확신으로 차 있다. 확신은 도전과 열정을 낳고 결국 성공이라는 불을 지피는 좋은 불씨가 된다.

목표는 종이에 적어서
행복한 삶을 만들어가는 습관
날마다 확인해라

흔히 실행 불가능한 생각은 '공상' 혹은 '망상'이라고 말한다. 허망한 공상과 망상 속에서 생활하고 있다는 사실을 스스로 알지 못하면 의외의 실망과 고통을 맞이하게 된다. 따라서 수시로 생각과 실행의 가능성을 점검하는 것은 중요한 일이다.

'막연한 공상에만 빠져 사는 사람일수록 실행에 약하다'는 말이 있다. 우리 현대인에게는 의외의 모습이 있다. 한 조사 결과에 따르면 자신의 소망이 무엇인지를 구체적으로 알고 있는 사람은 백에 하나 정도라고 한다. 즉 '어떤 것이든 상관없으니 어쨌든 좋은 생활을 하고 싶다'고 막연하게 생각하고 있는 사람들이 대부분이라는 것이다. 그 좋은 생활을 위해 무엇을 통해서 어떻게 만들어 갈 것인지에 대한 현실적인 생각이 결여되어 있다는 얘기다. 막연하게 미래의 행복을 꿈꾸는 사람들의 인생이란 뚜렷한 목표도 없이 바다를 둥실둥실 표류하는 것과 같다.

우리는 나름대로 열심히 살아가고 있다. 그런데도 열심히 노력하는 것에 비해서 성공하는 사람들이 너무 적다. 그렇다면 그저 열심히 노력하는 것 외에도 다른 무엇인가가 필요한 게 아닐까? 그 '무엇인가'가 중요한 포인트다. 바로 인생의 목표다. 확실한 목표를 정해놓고 그것에 도달하기 위해 확신을 갖는 것, 그것이 중요하다.

인생을 통해 자신이 무엇을 얻으려 하고 있는가? 우선은 그것을 확실하게 정할 필요가 있다. 자신의 목표가 정해졌다면 다음 단계로 넘어간다. 그 단계를 '실링 그리기'라고 한다. 즉, 자신이 정한 최고의 목표를 달성한 자신의 모습을 마음속 스크린에 그려보는 것이다. 예를 들면 이런 것이다. 자신이 독립하고 사장이 돼서 활약하는 모습, 혹은 최고의 실적을 올려 임원 등으로 승진한 모습, 갖고 싶던 자동차를 사서 고속도로를 달리는 모습 등등. 이처럼 장기적인 혹은 단기적인 목표를 선명하게 영상화해서 잠재의식에 각인시켜보는 것은 성공과 행복을 준비하는 이들에게 필수적인 과정이다. 이때 매우 중요하고 결정적인 것한 가지가 있다. 그 영상을 현실화하기 위한 실행이다. 자신이 그린 모습을 단순한 공상이나 꿈으로 그쳐버리게 해서는 안 된다. 자신이 그린 모습에 다가가기 위해서 구체적으로 행동하지 않으면 아무것도 이루어지지 않는다.

현실에 급급해 살다 보면 어떤 목표를 세워놓고서도 그것에 대한 실행 의지가 흔들리기도 하고 때로는 잊어버리기도 한다. 따라서 목표는 반드시 종이에 적어두어야 한다. 그리고 눈에 잘 띄는 곳에 붙여두거나 지갑 등에 넣어두고 하루에도 몇 번씩 볼 수 있어야 한다. 자신이 지금 목표를 달성하기 위한 행동을 하고 있는지 얼마나 가까이 다가서고 있는지 언제 어디서든 점검해 보는 것, 그것이 목표, 즉 소망을 실현하는 중요한 포인트다.

아직까지 이런 현실적인 목표 설정과 구체적인 실행 노력을 하지 않고 있다면 오늘 당장 마음을 고쳐먹고 진지한 자세로 목표를 정하고 이를 백지 위에 써 보자. 그리고 그 종이는 책상에 붙여놓던지 늘 가지고 다니는 수첩의 첫 페이지에 붙여놓자. 혹자는 '학생시절에 주로 했던 것 같은 계획표를 지금 이 나이에도 세워놓고 보란 말인가' 라고 말할 수도 있겠다. 이는 잘못된 생각이다. 모든 일은 목표가 뚜렷하고 기본이 제대로 되어 있을 때 그것을 토대로 만들어가고 쌓아나가는 것이라는 것을 인정한다면 자칫 유치한 일(?) 쯤으로 여길 수도 있는 이 일을 실행으로 옮겨야 한다.

목표를 정하고

행복한 삶을 만들어가는 습관

달려라

옛날 어느 마을에 벽돌공 세 명이 살고 있었다. 어떤 사람이 세 벽돌공에게 다음과 같은 질문을 했다.

"당신은 여기서 지금 무엇을 하고 있습니까?"

첫 번째 벽돌공 A는 "보는 바와 같습니다. 벽돌을 쌓고 있습니다."라고 대답했다. 두 번째 벽돌공인 B는 "오늘 하루의 일당을 받기 위해서 일하고 있습니다."라고 말했다. 세 번째 벽돌공 C는 앞의 두 벽돌공들과는 달랐다. 그는 꿈꾸는 듯 밝은 표정으로 하늘을 바라보며 "여기에 훌륭한 건물이 세워질 겁니다. 영원히 남을 대성당 말입니다. 이 지방 사람들에게 마음의 오아시스가 될 대성당이 세워지는 겁니다. 저는 그것을 위해서 열심히 벽돌을 쌓고 있습니다."라고 대답했다.

또 벽돌공 C는 이어서 이렇게 말했다.

"저는 낮에는 벽돌 쌓는 일을 하면서 밤엔 학교에 다니고 있습니다. 건축설계를 배우는 중이죠. 지금은 보잘것없는 벽돌공이지만 언젠가는 반드시 최고의 건축가가 될 생각입니다. 내년에는 자격시험에 도전할 생각이거든요."

이 이야기는 우리에게 한 가지 교훈을 시사해 준다. 벽돌공 A와 B는 뚜렷한 목적 없이 하루하루 살아가는 인생이다. 따라서 A와 B는 평생 빛을 보지 못할 것이다. 반면, C는 결코 남의 밑에서 벽돌을 쌓는 벽돌공에 그치지 않을 것이다. 그는 자신의 목표를 선명하게 그리고 있기에 반드시 그 목표를 달성하여 성공한 사람이 될 것이라는 메시지다.

'목표를 향해서 노력하는 과정에만 행복은 존재한다'고 했다. 삶에서 목표 설정이 얼마나 중요한지를 잘 말해 주는 명언이다. 동서고금의 발명, 과학상의 발견, 각종 기술 개발, 사업상의 성공 등 이 모든 것에는 공통점이 있다. 그것은 이들 발명이나 발견을 한 사람들이 명확한 목표를 가지고 있었다는 것이다. 그랬기 때문에 그 모든 것이 실현된 것이다.

우리 인생에서 목표 설정은 매우 중요하다. 언젠가 억대 연봉을 받는 한 영업자의 성공사례 발표현장에 간 적이 있다. 그날 영업자는 이렇게 말했다.

"저는 초창기 영업활동을 하면서 매출액을 올리는 일만을 생각했습니다. 그러나 매출액을 올리겠다고 아무리 다짐을 해도 매출은 오르지 않았습니다. 어느 날 이래서는 안 되겠다는 생각이 들어 구체적인 숫자와 마감일을 엄격하게 설정해두었습니다. 그랬더니 강한 힘이 솟아나서 차례차례 목표를 달성할 수 있었지요. 특히 마감일 직전의 파워는 저 자신도 정말 놀라울 정도였습니다."

그는 스스로를 셀프컨트롤 한 것이었다. 이 영업자의 노하우는 누구나 자신의 일과 목표달성에 얼마든지 활용할 수 있다.

자신의 목표를 실현하기 위해서는 구체적인 숫자와 마감일을 엄격하게 설정해 두는 것이 중요하다. '열심히 하자', '성공하자' 식의 이런 막연한 생각만으로는 아무리 시간이 흘러도 성공이라는 꿈이 실현되지 않기 때문이다.

긍정적 자기암시를
행복한 삶을 만들어가는 습관
부여해라

골프를 쳐본 사람이라면 누구나 한번쯤은 경험했을 법한 일이 있다. 바로 연못 너머로 쇼트를 처리하는 일이다. 연못이 앞에 있으면 아무래도 신경이 쓰이기 때문에 '연못에 빠뜨려서는 안 된다'는 생각이 머리를 스치고 지나가기 마련이다. 그런 생각을 갖고 치면 신기하게도 공이 연못으로 날아가 버린다. '연못에 들어가서는 안 된다'는 생각과 '어쩌면 연못에 빠뜨릴지도 모른다'는 자기암시가 동시에 작용하기 때문이다. '어쩌면'이라는 자기암시가 공을 연못에 빠지게 한 셈이다. 공이 정상 코스에서 벗어났을 때도 마찬가지다. 이런 일이 두어 번 반복되면 스코어에 커다란 영향을 준다.

우리가 일에 임할 때 '어쩌면 잘 풀리지 않을지도 몰라'라고 생각하면서 한 일은 '어쩌면'이라는 자기암시대로 되어버리는 경우가 많다.

결과는 잘 풀리지 않는 것이다. 반대로 '반드시 잘 될 거야. 성공할 거야'라는 100퍼센트 확신을 가지고 한 일은 성공을 거둔다. 100퍼센트 확신이라는 것이 핵심이며, 그것이 바로 자기암시의 힘이다.

옛날부터 전해오는 말 중에 '상극'이라는 것이 있다. 예를 들면 수박과 튀김은 궁합이 맞지 않는다. 매실 절임과 뱀장어도 마찬가지다. 이들 음식을 한꺼번에 먹으면 배탈이 난다. 하지만 의아스럽게도 의학적으로는 아무런 근거가 없다고 한다. 따라서 암시에 의한 영향이라는 설이 가장 유력한 것 같다.

K씨는 어렸을 때 튀김과 수박을 함께 먹은 적이 여러 번 있었다. K씨가 고등학교에 다닐 때 어떤 사람이 "튀김과 수박은 궁합이 맞지 않아. 그걸 한꺼번에 먹으면 배탈이 나."라고 주의를 주었다. K씨는 이 두 가지가 상극임을 모르고 있었다. 하지만 그 말을 들은 이후부터 튀김과 수박을 함께 먹으면 반드시 설사를 했다. 어른이 된 지금은 튀김과 수박을 보기만 해도 비위가 상한다고 한다. 자기암시의 힘은 이처럼 무서운 것이다.

'나는 선천적으로 몸이 약하다', '나는 몸이 약해서 못한다', '나는 사람과 잘 사귀지 못한다', '나는 둔하다', '나는 멍청하다' 등은 전부 부정적인 자기암시다. 좋지 않은 암시를 자신에게 부여하면 정말로 그런 일들을 불러들이기 때문에 그 암시대로 되어버리는 법이다. 이것이 마음의 법칙이다. 생각한 대로 된다는 말과도 같은 원리다. 때문에 우리에게 좋은 습관을 갖는 것은 하루 세끼 밥을 먹는 일만큼이나 매일같이 모든 순간에 반드시 필요한 일이다. 부정적인 암시가 아닌 긍정적인 자기암시를 부여하는 습관도 그중 하나다.

잠재의식 앞에서는
행복한 삶을 만들어가는 습관
진실해야 한다

　정신분석학의 창시자인 프로이트는 20세기 초에 다음과 같은 학설을 발표했다. 첫 번째는 '현재의식'이다. 우리는 텔레비전을 보고, 신문을 읽고, 사람들과 이야기를 나누며, 일상생활 속에서 여러 가지 일들을 느끼고 생각한다. 이와 같은 의식적인 사고를 프로이트는 '현재의식'이라고 불렀다. 달다, 맵다, 아프다, 가렵다, 뜨겁다, 차갑다 등과 같은 지각도 현재의식이다. 프로이트는 '인간의 마음속에서 현재의식이 차지하는 비중은 10퍼센트에 지나지 않는다'고 주장했다. 그렇다면 나머지 90퍼센트를 차지하고 있는 마음의 정체는 무엇일까?

　프로이트는 그것을 '잠재의식'이라고 불렀다. 우리가 의식하지 못하는 부분에서 우리 행동의 대부분을 지배하고 있는 이 놀라운 무의식의 힘이 잠재의식이다. 예를 들어 우리는 길을 걸을 때 '오른쪽 다리 앞으로, 왼쪽 다리 앞으로······' 하는 식으로 의식하면서 걷지 않는다. 무의식적으로 손발을 움직여 걸어간다. 끊임없이 고동치는 심장, 폐의 호흡과 위의 소화작용 등 우리 몸의 모든 기관이 무의식적으로 활동하고 있다. 이는 무의식이 우리 몸을 지배하고 있다는 증거다. 잠재의식도 마찬가지다.

현대인들의 필수 이동수단인 자동차 운전을 예로 들어보자. 처음 운전할 때는 움직임이 자연스럽지 못하다. 현재의식의 명령에 따라서 손발을 움직이는데 생각한 대로 되지 않는다. 하지만 점점 익숙해져서 손발이 무의식적으로 움직이게 되면 자유자재로 운전을 할 수 있게 된다.

잠재의식은 대단한 위력을 지니고 있다. 그것은 훈련에 의해서 능력을 몇 배로 증폭시킬 수도 있다. 또 몇 번이고 반복해서 마음에 뚜렷이 각인시킨 일을 반드시 실현하게 만드는 무소불위의 힘을 가지고 있다.

사람들 중에는 잠재의식을 비현실적인 논리라고 여기는 이들도 있다. 나의 지인 중 한 사람인 G도 처음 만났을 때는 그런 사람 중 한 사람이었다. 물론 지금은 달라져 있지만 말이다. 실패감에 젖어 있던 그를 처음 만났을 때 그는 잠재의식의 엄청난 힘에 대해 전부터 잘 알고 있었다고 하면서도 "나는 내가 진행한 프로젝트가 대성공을 거둘 수 있다는 소망을 몇 개월 동안이나 마음에 새겼다. 하지만 결과는 그 반대였다."며 입을 삐죽거렸다.

나는 그때 그가 틀림없이 마음속 깊은 곳에서 거짓말을 하고 있는 것이라는 것을 느꼈다. '프로젝트가 성공할 수 있다'는 생각을 마음에 새겼다고 했지만 마음 깊은 곳에서는 '그런데 이처럼 큰 프로젝트가 순탄하게 성공으로 이어질 수 있을까' 하고 의심했기 때문이다.

프로이트가 강조한 잠재의식에 있어서 정말 중요한 사실 한 가지는 잠재의식은 진심만을 받아들인다는 것이다. G의 경우도 한편으로는 갈등과 의심을 했기 때문에 자신이 소망한 대로 성공을 거두지 못했던 것이다. 잠재의식의 힘을 활용하려면 무엇보다도 자신을 속이지 말아야 한다. 이는 반드시 명심해야 한다.

끈기를 갖고
행복한 삶을 만들어가는 습관
한 우물만 파라

오래된 명언 중에 이런 말이 있다.

'우물을 팔 때 앞으로 한 척만 더 파면 물이 나올 것임에도 불구하고 사람들은 더 파지 않고 물이 안 나온다고 한다'

30센티미터만 더 파면 물이 나오는데 도중에 그만두면 그때까지의 모든 노력이 헛수고가 되어버린다는 얘기다.

여기서 말하는 '우물 파기'는 '일을 완성하기'라는 말로 바꿔 해석하면 된다. 무슨 일이든 계속해야만 이룰 수 있으며, 중요한 것은 재능이 아니라 끈기라는 말이다.

어느 분야이든 그 분야의 '장인(匠人)'이 된 사람들은 한 가지 분야에만 수십 년간 몰두해 온 사람들이다. 국내외를 막론하고 장인으로 불리는 사람들의 공통점은 지능지수가 높다거나 개개인의 장점보다는 오랜 세월 동안 하나만 집중적으로 파고들었다는 것이다. 이를 두고 '장인정신'이라고 말한다.

무슨 일이든 시작은 쉽지만 그것을 지속적으로 유지하기란 쉬운 일이 아니다. 사람들은 왜 한 가지만을 계속하지 못하는 걸까? 답은 간단하다. 도중에 포기해버리거나 게을러졌기 때문이다. 어떤 일을 하는 과정에서 어려움이 불어 닥치면 중간에 내팽개치는 이들이 적지 않은 것이 바로 그 때문이다.

좌절하는 데에는 여러 가지 이유가 있다. 그중 대표적인 것 하나는 처음 시작할 때의 마음으로부터 멀어졌다는 것이다. 새로운 일을 시작하면서 성공을 꿈꾸는 사람들이 흔히 하는 말이 '초심을 잃지 않겠다'고 말한다.

하지만 시간이 흐르면서 그 '마음'을 계속 일정하게 유지하는 것이 어려워진다. 무엇이든 오랫동안 계속해서 노력을 하면 피곤이 찾아온다. 성격이 급하고 인내력이 부족한 사람의 경우 쉽게 그만두게 된다. 설령 인내심을 갖고 버티었다 할지라도 어느 정도까지 도달하게 되면 '이젠 됐다'는 생각 때문에 마음이 느슨해지기도 한다. 승부의 세계에서는 이와 같은 일이 자주 일어나곤 한다. 바둑이나 장기 혹은 스포츠를 보면 그렇다. 힘든 싸움을 넘어 종반에 이르렀을 때 '이대로 가면 이길 것 같다'고 낙관을 하면 마음이 풀어진다. 그 해이해진 마음 때문에 바로 역전패를 당하게 된다.

우리 '인생의 길'에서의 일도 마찬가지다. 세상의 모든 일에는 끈기가 중요하다. 사람들은 끈기 있는 사람이 마지막에 승리를 얻는다는 것을 잘 알고 있고 또 입버릇처럼 말하지만 번번이 뜻을 이루지 못하고 도중에 그만두곤 한다.

끈기의 핵심은 자신에게 채찍질하면서 계속해 나아가는 자기 지배력이다. 일상의 조그만 일이라도 하겠다고 결정했다면 계속해야 한다. 계속하는 기력을 끈기라고 하는 것이다.

운이 좋은
행복한 삶을 만들어가는 습관
사람이라고 여겨라

완벽한 행복이란 있을 수 없다. 그와 동시에 완벽한 불행도 존재하지 않는다. 따라서 행복과 불행을 절반씩이라고 생각하는 것도 문제가 되지 않는다. 다만 중요한 것은 행복과 불행은 어디서 어떻게 비롯되어지는가에 대한 자기 마음가짐이다.

적지 않은 사람들이 행복이란 누군가가 가져다주는 것이라고 생각한다. 그렇기 때문에 누군가 아는 사람이 행복해지면 '저 사람은 운이 좋다' 며 부러워한다. 그러면서 생각하기를 '저 사람에게는 운이 찾아왔지만 내게는 운이 찾아오지 않는다' 고 한다.

행운과 불운을 생각함에 있어서 가장 나쁜 습관은 자신의 불행을 인정해버리는 것이다. 그것은 금물이다. 절대로 '나는 불행하다' 고 인정해서는 안 된다. 그 이유는 간단하다. 우리는 날마다 작은 일들을 하나

하나씩 쌓아간다. 그 조그만 행동이 쌓여서 커다란 운명을 만들어가는 것이다. 따라서 작게 보이는 하나하나의 행동을 소중하게 생각하지 않으면 안 된다.

행동을 일으키는 원동력은 마음이다. 마음에 그려진 것이 행동이 되어 나타나는 것이다.

아침에 일어나 집을 나서고, 전철을 타고 회사에 도착하고, 책상에 앉아서 서류를 살펴보고, 비즈니스 파트너를 만나 대화를 나누고, 상대에게 제공할 재화와 용역을 만들어가는 것이 우리의 일상이다. 우리는 눈을 뜨면 하루하루 그날에 일어날 일들을 자신의 마음으로 미리 그려 보고 그것에 따라 행동한다. 학교나 회사를 선택할 때도 또 결혼 상대를 고를 때도 마찬가지다. 자신의 마음이 행동을 지배한다. 이것이 바로 '마음에 그린 것이 나타난다'는 법칙에 의한 것이다.

한 가지 법칙이 더 있다. 그것은 '마음으로 인정한 것이 존재하고, 실현된다'는 마음의 법칙이다. 따라서 악순환의 고리를 끊을 수 있는 최대의 비결은 '나쁜 상태를 인정하지 않는 것이다.' 혹자는 '어떻게 좋지 않은 상태에서 아무렇지도 않을 수 있는가?'라고 반론을 제기할 수도 있겠다. 하지만 제아무리 불행을 불행으로 인정한다 할지라도 행복해지지는 않는다.

예를 들어서 환자에게 "이제 당신의 건강은 좋아지기 어려운 상태입니다. 더 이상 가망이 없습니다. 약을 드릴 테니 그걸로 위안이나 삼으세요. 그러면 병원도 돈을 벌 수 있으니……."라고 말하는 의사는 없다. "괜찮습니다. 틀림없이 나을 수 있습니다."라고 격려를 하는 것이

의사다. 중병의 나쁜 상태를 환자가 알게 되면 기력을 잃어 병세가 더욱 악화된다는 사실과 '인정한 것이 존재하고, 실현된다' 는 법칙을 의사는 알고 있는 것이다.

　그렇다면 우리도 운을 생각함에 있어서 '나는 운이 없다' 고 인정해서는 안 되는 것이다. 나쁜 때일수록 더 더욱 죽을 힘을 다해서 '나는 운이 좋다' 는 자기암시를 반복해 주어야 한다. 그러면 곧 운이 열릴 것이다.

시간에

행복한 삶을 만들어가는 습관

엄격해져라

A는 인문학 강사로 여기저기서 강연 초청을 받는다. 강연장은 호텔인 경우도 있고 기업의 대형 세미나실인 경우도 있다. 초청해 오는 측이 원하는 강연 시각도 제각각이다. CEO들의 조찬모임 강연은 아침 7시부터 시작되기도 하고, 지역주민들을 위한 강연은 저녁 8시에도 시작하며 또 직장인들을 위한 강연은 오후 6시부터 시작되는 경우도 있다. 하지만 그는 강연이 겹치지만 않는다면 장소와 청중에 관계없이 강의를 요청해 오는 측의 입장을 적극 받아들인다고 한다. 단 그는 어느 강연이든 상관없이 정시가 아닌 55분에 강의를 진행하겠다는 것을 사전에 밝힌단다. 이를 테면 7시면 6시 55분, 8시면 7시 55분으로 정하는 것이다. 대체 A가 정시가 아닌 5분 전 강연을 선호하는 이유는 뭘까?

그는 어느 강연장에서나 반드시 공통되는 점이 한 가지 있다고 말한다. 그것은 강연 시작 시간이다. 학교강의나 국가정책을 논할 만큼 중요한 자리가 아닌 이상 설령 12시로 정해져 있다고 할지라도 제시간에 시작되지 않는다는 것이다. 어느 지역을 가든 마찬가지다. 강의를 듣는 사람들이 정각에 모이지 않기 때문이다. 이 때문에 그가 착안해낸 아이디어가 55분이라는 시간으로 못을 박는 것이다. 이럴 경우 제시간에 강의장에 도착하는 사람들이 많아서 효과적이라는 것이다.

정해진 시간대로 이루어지지 않는 것은 강연만이 아니다. 회의나 집회 등에서도 흔히 볼 수 있다. 일례로 회사의 경우, '5시부터 회의를 시작한다'고 공지했음에도 불구하고 시간관념이 없는 사람들이 한두 명이 있어서 5시 10분이 되어도 나타나지 않는다. 20분이 지날 무렵에야 평소와 다를 바 없는 무덤덤한 표정으로 모습을 드러낸다. 그들은 타인에게 큰 피해가 된다는 사실은 생각지도 않는다. 이는 약속 시간을 5시라고 설정하면 '5시경'이라는 식으로 받아들이기 때문이다. 이를 테면 '5시 10분'도 '5시 10분 전'도 모두 '5시경'이라고 생각하는 것이다. 전후 합쳐서 20분 정도의 시차가 발생한다.

사실은 그 시차가 문제다. '5시'라는 정각 설정은 아무래도 만만하게 보이는 경향이 있다. 그렇다면 '4시 55분'에 회의를 시작한다고 설정해 보는 것은 어떨까? 55분이라는 애매한 시간 설정이 시간의 엄밀함을 환기시켜 주는 심리적 효과를 가져다줄 것이다.

시작 시간과 마찬가지로 중요한 것이 마치는 시간이다. 회의 등의 종료 시각을 확실하게 설정해두는 것도 중요하다. 사람은 누구나 마감 시간에 쫓길 때는 집중력을 발휘해서 일이든 공부든 평소와는 비교할 수 없을 정도의 빠른 속도로 처리한다. 이와 같은 시간제한의 효과는 여러 가지 형태로 이용할 수 있다. 한 시간 만에 끝났어야 할 회의가 30분이고 한 시간이고 계속 연장되는 경우를 흔히 볼 수 있다. 그토록 많은 시간을 들여서 토론했으니 좋은 결과가 나왔을 것이라 예상하지만 실제로는 그렇지 않다. 아무런 진전도 없이 지루하게 탁상공론만 거듭될 뿐이다. 이는 회의를 마치는 시간을 엄밀하게 설정해두지 않은 데에도 원인이 있다.

시간 설정을 엄밀하게 정하지 않으면 '시간은 얼마든지 있다'는 생각에 빠지기 쉽다. 동시에 '무슨 일이 있어도 정해진 시간 안에 결론을 내야 한다'는 진지함과 집중력이 떨어지게 된다. 따라서 회의를 마치는 시간을 확실하게 정해둘 필요가 있다. 예를 들어서 '5시 55분에 종료'라는 사실을 철저하게 못 박으면 참석자들은 '이 55분 동안만은 집중하자'는 마음가짐을 갖게 될 것이다. 회의 시간이 짧을수록 오히려 더 진지하게 임할 것이다.

플러스 감정으로
행복한 삶을 만들어가는 습관
수면에 들어라

수면 학습법이라는 것이 있다. 'sleep learning' 또는 'hypnopedia법'으로 불리는 이 학습법은 글자 그대로 수면 중에 반복해서 듣기 등으로 학습한 것을 깨어 있는 상태에서 그대로 기억하여 사용하는 방법이다.

구소련과 동유럽의 심리학자와 뇌 연구가들이 수면 학습의 가능성에 대해 연구한 내용이 언론을 통해 소개된 이 학습법은 깊은 잠에 빠지기 전, 즉 선잠에 빠졌을 때의 최면 상태를 이용한다. 꾸벅꾸벅 잠이 오는 무조건적인 암시상태에 빠졌을 때 학습 내용을 각인시키는 것이다. 잠들기 전에 학습 내용을 녹음한 테이프를 준비해두었다가 테이프를 틀어놓으면, 잠드는 동안 무의식의 암시 속에서 공부가 된다는 것이다. 선잠에 들었을 때는 깨어 있을 때보다 암시성이 매우 높다고 한다. 이 원리는 최면술과 비슷하다. 최면에 걸린 사람이 최면을 건 사람의 말대로 행동하는 것과 같은 원리다.

흔히 말하는 '머리가 좋은 사람'이란 서랍 속에 채워져 있는 이들 정보를 필요할 때 얼른 꺼낼 수 있는 사람을 뜻한다. 이것이 중요하다. 어쨌든 잠들기 직전은 암시성이 아주 높은 것은 분명한 사실이다. 그런 만큼 수면 학습법을 잘 활용하면 상당한 성과를 거둘 수 있다. 특히 자신감 회복이나 소망 실현에 탁월한 효과를 기대할 수 있다.

저자 또한 이 학습법이 인생에 커다란 도움을 주고 있다. 예를 들어 '내일도 좋은 일이 있을 거다', '나는 운이 좋다', '내일은 결재 받을 돈이 통장에 입금될 것이다' 등과 같은 긍정적인 말, 혹은 나의 소망을 반복해서 테이프에 녹음해둔다. 그리고 이들 플러스 감정이 담긴 말을 들으며 잠자리에 든다. 이것을 매일 밤 반복한다. 반복은 수면학습법의 가장 중요한 포인트다. 이 같은 방법을 반복하다 보니 얼마 지나지 않아서 무조건적인 암시의 성과가 나타나기 시작했다. 나의 소망이 차례차례 실현되는 것을 경험하면서 참으로 신기한 학습법이라는 결론을 얻었다.

잠들기 직전의 기분은 매우 중요하다. 따라서 실패나 불운, 어려움, 병, 앞 일에 대한 쓸데없는 걱정 같은 마이너스 감정을 되풀이해서 품는 것은 금물이다. 마이너스 감정을 품은 채로 잠들어서는 안 된다. 무조건적인 암시에 반복적으로 각인된 마이너스 정보는 그대로 현실이 되어 나타난다는 법칙이 있기 때문이다. 따라서 수면학습법의 효과를 거두려면 긍정의 힘을 빌리는, 이를 테면 플러스 감정을 품고 수면에 드는 것을 반복해야 한다.

웃고

행복한 삶을 만들어가는 습관

또 웃어라

'소문만복래(笑門萬福來)'

우리 선조들은 입춘(立春)이 되면 대문에 이 글귀를 써 붙여놓고 한 해 동안 웃고 지내며 만복을 누릴 수 있기를 소원했다고 한다. 웃는 집 대문으로는 온갖 복이 들어온다는 뜻을 지닌 글귀이기 때문이다. 옛날 부터 전해오는 말 중에서도 참으로 명언이 아닐 수 없다.

밝은 웃음은 자연계가 인간에게 부여한 최고의 강장제로 불린다. 크 고 밝게 웃으면 생리작용이 곧장 활발해진다. 무엇보다 혈액순환이 순 조로워지고 백혈구의 식균작용이 증가한다. 자연치료 능력도 활발해 진다. 따라서 밝은 사람은 건강하다.

웃음이 좋은 이유는 또 있다. 웃음은 본인에게만 득이 되는 것이 아니라 주위 사람들에게도 좋은 영향을 준다는 사실이다. 웃음을 가리켜 '행복바이러스'라고 부르기도 하는 것이 바로 그 때문이다. 예를 들어 직장의 단조로운 업무에 싫증을 느끼고 있다고 치자. 모두가 말없이 책상 앞에 앉아 있을 때 성격이 밝은 사람이 들어왔다. 그 사람이 밝은 농담을 던지자 모든 사람들이 웃음을 참지 못해 직장 분위기가 한순간에 밝아졌다. 이런 경우 '아, 재밌다'라고 말하는 사이에 모두가 기분이 좋아져서 마음을 다잡고 다시 힘차게 일을 시작하게 된다.

동서양을 막론하고 처세학 강사들이 자주 하는 말 중 하나는 "집단이나 조직에서는 똑똑하고 진지한 인물보다는 유능하고 멋진 인물이 반드시 필요하다. 그들은 유머감각이 있기 때문이다."라는 것이다. 정말 맞는 말일까?

현명한 상사는 업무 중에 틈틈이 밝은 농담을 던져 부하들의 기분을 풀어준다. 잘 가르치는 선생님은 수업 중에 그때그때 유머를 집어넣어 학생들을 웃게 하면서 효과적으로 수업을 진행한다. 실제로 우리는 학창시절 같은 과목을 가르치는 두 교사 중 A는 지방대 출신임에도 명문대 출신의 S보다도 더 쉽고 재미있게 잘 가르치는 것을 경험한 적이 있다. 고급스러운 유머, 순수한 농담, 사심 없는 웃음 등은 자연계가 인간에게 부여한 양약인 것이다.

일하는 능력은 뛰어난데도 빛을 보지 못하는 사람들이 있다. 조직사회에서 종종 볼 수 있는 일이다. 이런 사람들은 대부분 고지식할 정도로 성실하다. 사고가 틀에 갇혀 있고 어둡다. 유머 감각이 없기 때문에 밝은 농담을 던지지 못한다. 그들이 밝게 웃는 경우는 거의 찾아볼 수가 없다.

사람은 일만 하는 기계가 아니다. 사람에게는 그 사람 특유의 분위기라는 것이 있다. 그 사람이 풍기는 분위기가 '또 하나의 일'을 하고 있는 것이라고도 할 수 있다. 때문에 분위기가 어둡거나 접근하기 어려운 면이 있는 사람은 주위 사람들도 그를 도와줄 마음을 품지 않는다. 당연히 일이 제대로 풀리지 않는다. 그 때문에 어둡고 고지식한 사람은 빛을 보지 못하는 것이다.

흔히 표정, 즉 얼굴은 자신의 마음을 나타낸다고 한다. 따라서 표정을 바꾸면 마음가짐도 바뀐다고 한다. 이 때문에 슬플 때일수록 웃으라고 말하는 것이다. 웃을 때 슬픔도 정복된다는 것이다. 그러니 언제나 쾌활하고 밝게 웃는 사람은 늘 행복한 사람인 것이다.

술 자리에선

행복한 삶을 만들어가는 습관

입을 조심해라

"이것 때문에 회사를 그만두었습니다."

언젠가 TV드라마에서 주인공이 새끼손가락을 들어 보이며 이렇게 말한 적이 있었다. 남자들 세계에서 새끼손가락은 보통 여자를 의미한다. 언젠가 고등학교 동창 중 한 친구가 동창회 모임에서 "Y는 이게(새끼손가락) 아니라 술 때문에 회사 잘렸다."라고 말해 한동안 동창들과 만나면 그의 이야기가 화두가 되곤 했다.

술만 들어가면 사람이 180도로 달라지는 사람들이 있다. 평소 얌전한 사람들에게서 이런 모습을 더 많이 찾아볼 수 있다. 술에 취하면 달라지는 스타일의 사람들은 술만 마시면 분위기가 달라진다. 연휴를 앞둔 회식 석상에서 부장이 "술자리는 즐거워야 합니다. 오늘은 상사, 부하 이런 직함 떼고 즐겁게 마십시다."라고 말을 하면 이를 진심으로 받아들여 미친 듯이 놀아댄다. 숨겨두었던 개인기를 펼쳐 보이기도 하고 목청껏 노래를 부르기도 하는 등 그야말로 난장판을 벌인다. 여기까지는 그나마 봐줄 만하다. 문제는 더 취하면서 나타난다.

Y 역시 그랬다고 한다. 완전히 취해버리자 부장에게 대든 것이다. "부장님? 부장 같은 소리하고 있네. 사실 당신하고 나하고 나이 두 살 차이 아냐. 계급이 깡패니까 날 완전 하인 부리듯이 하는데 그거 그러지 말자고. 사회 나가면 당신하고 나하고 뭐가 달라. 까놓고 얘기해서 당신도 줄 타고 부장된 거잖아." 하면서 평소 자신이 지녔던 불만, 즉 본심을 전부 털어놓은 것이다. 이쯤 되면 부장이 가만히 있을 리 없다. 부장이 무지막지하게 들이대는 Y의 귀뺨을 때리자 결국 두 사람은 치고받는 싸움을 했다고 한다.

연휴가 끝난 후 출근한 Y는 부장에게 사죄를 할 생각이었다. 하지만 그를 기다리고 있는 것은 직원들의 냉대와 다른 부서로의 발령이었다. 회사의 누구도 그에게 다가와 말을 하지도 않았고, 그의 책상 위에는 물류부 창고관리직으로 발령이 났다는 인사과의 메모지가 있었다. 기획실에서 물류팀 재고관리자로 발령이 났다면 과연 일을 할 수 있겠는가?

Y의 경우는 극단적인 예일 수도 있지만, 실제로 사람들 중에는 자신의 본심을 다 털어놓고 사람과 사귀는 것이 미덕이라고 생각하는 사람들이 있다. 그들은 그것이 정직한 삶이라고 생각한다. 특히 평소에는 생각만 있을 뿐 이 같은 자신의 생각을 표출하지 못하다가 술만 마시면 자신의 본심을 전부 털어놓아 오히려 말하지 않은 것만 못하는 사태를 초래하는 이들도 적지 않다. 친구 사이라면 몰라도 직장생활이나 사회

조직의 인관관계에서는 절대로 해서는 안 될 일이다. 매우 위험한 일이기 때문이다.

겉과 속을 구별해서 보여주는 것은 인간의 지혜다. 본심을 보여주지 않으니 저 사람은 성실하지 않다고 여기는 것은 잘못된 생각이다. 중병을 앓고 있는 환자에게 "솔직히 말하자면 당신의 병은 고칠 수 없습니다."라고 곧이곧대로 말하는 의사는 없다. 그 말이 원인이 되어 환자의 상태가 점점 악화될 거라는 사실을 알기 때문이다. 그래서 "틀림없이 완치됩니다. 저도 최선을 다할 테니 힘을 내시죠."라는 희망적인 말로 용기를 북돋워주는 것이다.

겉으로 드러내는 것과 본심은 종이의 앞뒤와 같은 것이다. 앞면은 매끌매끌해서 쓰기가 좋다. 뒷면은 거칠어서 불편하다. 누구나 깨끗한 앞면을 좋아하겠지만 살다 보면 거칠거칠한 뒷면이 필요한 경우도 있다. 겉모습과 속내의 어느 것이 좋고 나쁜지를 한마디로 간단하게 결정할 수는 없는 법이다.

첫인상으로
행복한 삶을 만들어가는 습관
승부를 걸어라

'왜 사람은 첫눈에 반할까?'

미국인 저자 앤 데마레이스(Ann Demarais)가 쓴 처세서의 제목이다. 그는 뉴욕에 위치한 세계 최초의 '첫인상 컨설팅센터' 대표이자 기업의 임직원을 대상으로 의사소통 및 리더십 기술 컨설턴트로도 활동하고 있는 사람이다.

일반적으로 사람을 만났을 때 처음에 받은 느낌과 첫마디에 대한 정보가 훗날 알게 되는 정보보다 훨씬 중요하게 다뤄진다. 심리학에서는 이를 초두효과라고 한다. 앤 데마레이스는 그의 저서에서 초두효과에 기초하여 좋은 첫인상을 만드는데 필요한 핵심 요소 7가지, 즉 성격, 관심, 화제, 공개, 대화, 관점, 매력에 대해 구체적인 전략을 소개하고 있다.

미국의 심리학자인 하이만이 행한 사람의 첫인상에 대한 실험도 매우 인상적이다. 이 실험에 의하면 사람의 90퍼센트가 상대방의 첫인상에 영향을 받는다고 한다. 즉, 우리는 상대방의 첫인상으로부터 그 사람의 대부분을 평가한다는 것이다.

물리학에 '관성의 법칙'이라는 것이 있다. '처음에 가한 힘, 운동은 계속해서 그 상태의 힘을 지속한다'는 것이 관성의 법칙이다. 마찬가지로 인간은 처음부터 관심을 갖게 되면 그 관심이 계속 지속되는 법이다. 심리적인 관성의 법칙이 작용하기 때문이다.

'첫 인상(First Impression)'이 중요하다는 사실은 대부분의 사람들이 알고 있다. 때문에 처음 만난 사람 앞에서는 으레 격식을 차려가면서 보다 좋은 모습을 보여주려고 하는 게 보통사람들의 심리다.

처음에 상대방에게 나쁜 인상을 심어주면 상대방은 그 인상을 계속해서 갖게 된다. 일단 잠재의식에 각인된 인상은 쉽게 바뀌지 않는 법이다. 이와 같은 현상을 단적으로 보여주고 있는 것이 영화다. 지인 중 J는 독립영화 감독이다. 그에게 이런 질문을 한 적이 있었다.

"영화 만들기의 비결은 무엇입니까?"

그러자 J는 곧바로 짧고 강한 어투로 말했다.

"첫 장면에서 강한 인상을 심어주는 것이죠."

첫 장면에서 강하게 끌어당긴 다음 그 힘을 유지하는 것이 요령이라고 했다.

이 요령은 우리의 일상생활에도 적용할 수 있다. 타인과 대화를 나눌 때, 혹은 많은 사람들 앞에서 이야기를 할 때, 상대방이 관심을 가질 만한 내용을 화젯거리로 삼아 먼저 이야기를 꺼내는 것이다.

그렇다면 상대방을 잡아당길 만한 화젯거리란 어떤 것들일까? 무엇보다 상대방에게 이익이 될 만한 것, 예를 들면 돈을 많이 버는 법이나 돈을 모으는 법 등의 화제에는 대부분의 사람들이 귀를 기울인다. 병을 고치는 법, 젊어지는 법 등 건강에 관한 주제도 사람들이 관심을 보이는 분야다. 특히 상대방이 여성이라면 십중팔구는 얼굴 주름을 제거하는 법, 피부 관리법, 몸매가 좋아지는 법 등의 정보에 강한 관심을 보인다. 물론 젊은 사람이라면 이성에게 관심을 끄는 법 등의 이야기에 관심이 높다.

어디서 언제 누굴 만나든 상대가 처음 만나는 사람이라면 사전에 첫인상의 중요성을 명심하고 그에 따른 만반의 준비를 하고 만나는 노력을 기울이는 것도 좋은 습관이다.

맞장구치며

행복한 삶을 만들어가는 습관

경청해라

"얼마 전에 집 사람이랑 홍콩에 다녀왔어요."

"홍콩?"

"아내는 외국 여행이 처음이었거든요."

"아, 그렇군요. 우리 와이프도 외국은 아직 한 번도 못 갔는데."

"네, 그래서 그런지 들떠서 꼭 어린애 같더라니까요."

"어린애 같았다고요?"

아침 산책 시 자주 만나면서 알게 된 B와 나는 종종 대수롭지 않은 일상의 이런저런 얘기들로 대화를 하곤 한다. 사실 B도 해외여행은 한 번도 간 적이 없는 사람이다. 홍콩에 가 본 적도 없다고 말하는 나의 아내를 본 적도 없다. 그런데도 그와의 대화는 늘 원만하게 진행된다. 한 마디로 B가 적절하게 장단을 맞춰주기 때문이다.

대화의 내용을 잘 모를 때는 입을 다물어버리고 고개만 끄덕이는 사람이 있다. 상대의 대화 내용을 이해하지 못하거나 공감을 못하는 경우 또는 자신이 모른다는 사실을 말하면 창피를 당할 것을 두려워하는 경우 침묵을 지킨 채 이런 자세로 응대하는 이들이 있다. 대체적으로 소극적인 사람들에게서 많이 찾아볼 수 있다. 문제는 상대가 말할 때 적절하게 반응을 보이지 않으면 대화는 지속될 수 없다. 아무런 반응도 없는 상대에게 지속해서 말하는 것은 마치 '원맨쇼'를 하는 것이나 다름없기 때문이다.

하지만 설령 자신이 모르는 이야기라고 할지라도 상대방의 말에 "아, 그랬군요.", "맞습니다."라고 하거나 일부를 반복하면 그것만으로도 훌륭한 맞장구가 된다. 소극적인 사람들은 능란한 말솜씨나 풍부한 지식이 없으면 대화가 원만하게 이루어지지 않는다고 생각한다. 결코 그렇지 않다. 상대방의 말을 되풀이하며 편안하게 대화를 나누면 되는 것이다. 이를 테면 "아, 그래요?"라는 등의 말로 반응하면 상대방은 신이 나서 이야기를 한다. 혹은 "네? 정말이에요?", "네? 어째서요?", "이야, 그렇게나 커요?" 같은 가볍게 놀람을 나타내는 추임새를 더하면 상대방은 '내 얘기를 잘 들어주고 있구나'라는 생각이 들어 더욱 신이 나서 이야기를 하게 된다.

20년 이상 회사의 사장으로 몸담고 있다가 요즘 아들에게 경영자 수업을 시키는 선배가 있다. 그는 그간 사장이라는 위치에서 배운 경영의 첫 번째 키워드는 직원과 사장간의 신뢰 관계가 얼마나 중요한가 하는 것이었다고 한다. 그리고 신뢰 관계 구축의 포인트는 최고경영자의 자세에 있다고 했다. 그는 이런 말을 들려주었다.

"CEO는 남의 이야기에 귀를 잘 기울여야 해. 설령 자신이 잘 알고 있는 이야기라 할지라도 귀를 기울여 열심히 들어주는 것은 아주 중요하지. "그런 얘기는 알고 있다."고 처음부터 말을 끊어버리면 직원은 주눅이 들어 아무것도 말하지 못하거든. 어느 조직에서든 의사소통은 중요한데 기업은 더욱 그렇지. 부하 직원들과의 관계가 서로 잘 통하도록 유지해 의견을 교환할 수 있는 분위기를 만들어야 하지. 때문에 경청의 자세는 CEO에게 매우 중요한 덕목 중 하나이지."

그 선배는 비즈니스 세계에서의 경청을 강조했지만 남의 말을 잘 들어주는 것은 비단 비즈니스에서만이 필요한 것이 아니다. 우리의 모든 일상생활에서도 마찬가지다. 가족들과의 대화 시, 친구와의 대화 시, 선후배와의 대화 시 상대의 말을 충분히 들어주는 것은 상대와 한결 가까워지고 서로의 의견 차이를 좁히는데 매우 필요한 일이다.

다함께
행복한 삶을 만들어가는 습관
'Win Win' 하자

외국에 나갈 때마다 비행기 창을 통해서 지상의 야경을 내려다보며 느끼는 점이 하나 있다. '지상에는 수많은 사람들이 개미처럼 꿈틀거리며 살아가고 있구나' 하는 생각이다. 그러면서 지상에서 살고 있는 사람들이 사소한 일로 싸우고 서로에게 상처를 주는 모습을 상상하곤 한다. 그럴 때마다 "나는 물론이고 오늘을 살아가는 많은 사람들은 참으로 단순하고 정말 속이 좁다."라는 말을 혼자 중얼거리기도 한다. 상공에서 발밑 세계를 내려다보면 언제나 그런 생각과 함께 나 자신이 한층 더 성장한 듯한 기분에 젖어들곤 한다.

비행기가 목적지 공항에 착륙한다. 그러면 나 자신도 모르게 다시 기내에서 생각했던 지상의 인간형으로 바뀌어버린다. 조금 전까지 상공에서 생각했던 인류애적이고 대견한 삶의 자세는 한 순간에 사라져버린다. 즉, 나 자신도 개미의 일원이 되어 지상의 일들에 일희일비하게 되는 것이다.

언젠가 중국 출장을 가기 위해 비행기를 타기 전에 있었던 일이다. 공항 대합실에 두 중년 여성이 앉아 이야기를 나누고 있었다. 누군가에 대해 험담을 하고 있는 듯했다. 옆자리에 앉아 있던 내 귀에도 그 소리가 생생하게 들려왔다. "내가 그렇게 돌봐줬는데도, 그 사람은 고맙단 인사 한 마디 없었다니까."라고 울분을 토하고 있었다. 옆에 앉아 있던 여자도 "그래 맞아, 그 여자 원래 그렇다니까."라며 입을 삐죽였다.

사람은 누구나 자신을 가장 소중하게 여긴다. 세상의 모든 일이 자기 뜻대로 움직여주길 바란다. 따라서 그것이 생각대로 되지 않을 때는 발을 동동 구르며 분해하게 마련이다. 하지만 사실은 그렇지가 않다. 자신의 이익만을 생각하면 일은 제대로 풀리지 않는다. 언뜻 잘 풀리는 것처럼 보일지 몰라도 그것은 일시적인 현상일 뿐이다.

나이가 들면서 깨닫게 되는 것들 중 한 가지는 자기중심적인 삶을 살아온 사람들은 하나같이 불행한 결말을 맞게 된다는 사실이다. 자신의 이익만을 생각해가며 엄청나게 모은 돈을 한순간에 날려버린 사람, 재산은 남았지만 말년에 불치병에 걸려 괴로워하다가 불행한 삶을 마감한 사람, 부모가 모아놓은 재산을 두고 자식들간 다툼이 일어나는 것 등등…… 이런 모습들을 지켜보면 한편으로 다행이다 싶은 생각에 안도의 한숨을 내쉬곤 한다. 나 자신도 인간이기에 지금까지 살아오면서 때로는 욕심을 낸 적도 있지만 적어도 지금까지 살면서 나도 중요하지만 나와 함께 일하는 사람들 그리고 파트너십 관계에 있는 사람들의 몫을 잘 챙겨주어야 한다는 것을 명심하고 이를 실천해 왔다. 또 나보다 어려운 이들에 대한 관심과 나눔에 소홀히 하지 않았다는 것으로 위안을 삼곤 한다.

아무리 열심히 일해도 싹이 트지 않는 경우도 있다. 타인을 생각해서 행동했는데 그것에 대한 보답을 받지 못하는 경우도 있다. 하지만 긴 안목으로 보자면, 세상은 올바른 평가를 내려준다. 세상에는 올바른 평가를 내리지 못하는 사람이 있는가 하면 올바른 평가를 내려주는 사람도 있다. 자기 자신의 행동은 그 나름대로 평가를 받게 된다. 세상의 눈은 매우 엄격하다. 세상의 눈을 믿고 타인의 이익까지도 생각하며 살아가는 것이 아름다운 삶이자 부끄럽지 않은 삶이다. 우리는 너도 잘되고 나도 잘되는 상생의 삶을 살아야 한다. 특히 말로만 'Win Win'을 외치지 말고 실행으로 옮겨야 한다는 것을 명심하자.

가치 있는
삶을
만들어가는
습관

습관은 습관이다.
누구에게든 습관은 창 밖으로 내던져 버릴 수
있는 것이 아니라 구슬려 한 번에 한 계단씩
내려오게 해야 하는 것이다.
마크 트웨인

새로운 칭찬거리를

가치 있는 삶을 만들어가는 습관

찾아라

'칭찬은 고래도 춤추게 한다'는 말을 모르는 사람이 없을 것이다. 세계적인 경영 컨설턴트이자 베스트셀러 작가인 켄 블랜차드의 책 제목이기도 하다. 사실 칭찬처럼 아름다운 것도 없다. 연애도, 사업도, 예술도, 모든 미덕도 결국은 '칭찬' 즉 이 아름다운 목소리를 듣기 위해서 살아 있는 것이다.

인간은 누구나 타인에게 칭찬을 받으면 기쁨을 느낀다. 그렇다면 기쁨의 감정이란 대체 무엇일까?

어느 심리학자의 말에 의하면 기쁨의 감정을 두 가지로 나눌 수 있다고 한다.

첫 번째는 자기 확인의 칭찬이다. 이는 스스로도 이미 인정하고 있는 자신의 장점을 칭찬받았을 경우다. 예를 들어서 늘씬하고 키가 커서 멋

있다거나 잘생겼다거나 아름답다거나 사교성이 좋다거나 하는 이야기를 지금까지 많은 사람들로부터 들어와서 스스로도 그 사실을 알고 있는 경우다.

두 번째는 자기 확대의 칭찬이다. 스스로 전혀 깨닫지 못했던 점을 타인이 칭찬했을 경우다. 손동작이 아주 사랑스럽다거나 웃음소리가 섹시하다거나 눈매가 아주 아름답다거나 뒷목이 아름답다거나 하는 것들이다.

자기 확인의 칭찬과 자기 확대의 칭찬을 비교해 보면 자기 확대의 칭찬 쪽 기쁨이 더욱 큰 것으로 알려져 있다. 특히 여성들은 더욱 그렇다고 한다. 누구나 날마다 거울로 자신의 모습을 확인하며 살아가지만 남성에 비해 여성이 거울을 보는 횟수는 현격하게 많은 편이다. 따라서 자신의 얼굴이나 몸에 대해서는 누구보다도 잘 알고 있다는 것이다. 따라서 미인의 경우, 그녀의 얼굴을 칭찬해 주는 사람이 있다 하더라도 스스로가 이미 알고 있는 사실이기 때문에 기쁨은 그렇게 크지 않다. 하지만 "네 뒷목은 아주 섹시해. 보기만 해도 가슴이 설레." 하는 말처럼 자신도 깨닫지 못했던 새로운 부분을 칭찬받으면 깜짝 놀랄 수밖에 없다는 것이다. 그러니 칭찬을 받은 여성은 틀림없이 하늘에 오른 기분일 것이고 그 '아름다움'에 의해서 '자기 존재'가 확대된 것이니 기분이 좋아지는 것은 당연한 일이다.

남자의 경우는 어떨까? 마찬가지다. 자신이 깨닫지 못했던 것, 즉 업무 능력상의 장점에 대해 칭찬을 들으면 의욕이 생겨난다. 상사가 부하 직원에게 "자네는 센스가 있어. 어제 H사의 부장에게 전화를 해뒀다면서? 덕분에 큰 도움을 얻었어. 역시 자네의 장점은 누가 뭐래도 그런 센스가 있다는 점이야. 정말 최고야."라는 칭찬을 했다고 치자. 그러면 듣는 부하는 상사의 칭찬은 으레 듣는 말인 줄 알면서도 이번에는 자신에게 센스가 있다는 점을 새롭게 발견하고 기쁨을 느끼게 된다. 상대방이 깨닫지 못하고 있는 점을 칭찬하는 그것이 바로 칭찬의 포인트다.

누구에게든

가치 있는 삶을 만들어가는 습관

먼저 다가서라

　동네에서는 그저 얼굴만 아는 정도의 그다지 친하지 않은 사람이 맞은편에서 걸어오고 있는 경우를 종종 맞이하게 된다. 점점 당신과의 거리가 가까워질수록 작은 갈등이 일어난다. 인사를 할까 말까. 이런 경우 어떤 이는 먼저 인사를 하고 또 어떤 이는 상대가 먼저 "안녕하세요."라고 인사를 하면 그제야 쑥스러운 표정을 지으며 답례를 하는 식이다. 그렇다면 당신은 어느 쪽인가?

　'인사'! 이것은 단지 고개만 끄덕이는 행위에서 끝나지 않는다. 인사는 곧 마음을 연다는 의미를 담고 있다. 즉 자신이 먼저 마음을 열고 상대방에게 다가가는 것이 바로 인사인 것이다.

　동양인들은 대부분 먼저 상대방에게 말을 걸려고 하지 않는다. 특히 우리나라 사람들은 그런 경향이 더 강한 편이다. 모르는 사람에게 먼저

"안녕하세요?"라고 상냥하게 인사를 하면 마치 자신이 푼수 같은 사람 아니면 어디가 부족한 사람처럼 느낀다. 이 같은 사고는 지나치게 체면을 중시하는 전통적인 관습에 의해 길들여진 좋지 않은 문화다.

오히려 서양인들은 다르다. 그들은 낯선 사람에게도 눈을 마주치는 순간 먼저 인사를 한다. 이런 인사 습관만을 놓고 따진다면 '동방예의지국'이라는 말도 참으로 앞뒤가 안 맞는 것이다.

먼저 "안녕하세요?"라고 밝게 인사를 하는 것은 즐겁고 좋은 일이다. 친하지 않은 사람일지라도 인사를 받는 사람은 반드시 "안녕하세요?"라고 대답해 줄 것이다. 설령 직장에서 매일 얼굴을 마주치는 동료일지라도 꾸벅 머리만 숙이거나 미소만 지을 게 아니라 "안녕하세요.", "좋은 아침입니다."라고 먼저 한마디 인사를 건네 보라. 상대방은 당연히 기뻐할 것이다. 여기에 인사의 가치를 한수 더 높인다면 가벼운 칭찬까지 곁들이는 것이다. 예를 들면 출근 시 복도에서 부하 여직원을 만났을 경우 "안녕, 오늘 옷 아주 멋있는데." 하는 정도의 말이다.

생각해 보라. 밝은 인사에 칭찬까지 곁들여졌는데 이걸 싫어할 사람은 없다. 상대는 당신에게 호감을 가질 것이고 일을 할 때도 좋은 협력자가 되어줄 것이다.

언젠가 지방에 출장을 갔다가 혼자서 작은 식당에 들어갔을 때의 일이다. 아침 일찍 강의가 있는데다 지방이 공단이라서 교통편이 안 좋았다. 하루 전날 미리 내려갔으니 저녁을 해결해야 했다. 회사 근처에 숙소를 잡고 나서 인근 식당에 들른 것이다. 좌석은 몇 안 되는데 사람이 차서 마땅히 앉을 곳이 없었다. 마침 혼자 앉은 사람 앞의 자리가 비어 있어서 "옆자리에 좀 앉아도 되겠습니까?"라고 먼저 와 있던 손님에게 말을 걸었다. 상대방은 "네, 앉으세요."라며 손짓을 해보였다. 자리에 앉은 후 나이가 비슷해 보여서 편안한 마음으로 "실례합니다만, 혹시 이곳 분이십니까?"라고 웃으며 물었다. 잠시 후, 그와 나는 가벼운 말을 주고 받았고 먼저 식사를 마친 그가 자리를 떠났다.

이튿날이었다. 우연찮게도 그는 내가 방문하려던 회사의 교육과 기획업무를 총괄하고 있는 부장이었다. 식당에서 옆자리에 앉은 것이 인연이 되어, 이튿날 나는 그 회사 강연을 한결 편안하고 즐겁게 마칠 수 있었다. 그리고 얼마 뒤 그 회사와의 매월 1회 강의를 할 수 있도록 연간계약을 맺었다. 이렇게 되기까지는 그의 도움이 컸던 게 분명했다.

인연이란 참으로 묘한 것이다. 내가 먼저 마음을 열고 다가가면 상대방도 다가온다. 이와 같은 일을 성공적으로 몇 번 경험하면 자신의 행동에 자신감을 갖게 된다. 적극성도 얻게 된다.

외국인들이 종종 "한국 사람들은 착하긴 한데 상냥하진 못하다."고 하는데, 수긍이 가고도 남는 말이다. 상대방보다 내가 먼저 상냥하게 인사하는 것을 습관화하자. 틀림없이 생각지도 못했던 멋진 만남과 행운이 찾아올 것이다.

인사할 때 자세는
가치 있는 삶을 만들어가는 습관
낮추고 미소지어라

'우미인초(虞美人草)'라는 게 있다. 일본의 작가 나쓰메 소세키가 1907년 아사히 신문에 연재했던 소설의 제목이다.

우미인초는 본래 개양귀비를 달리 부르는 말로, 초나라의 항우가 죽은 후 우희가 스스로 목숨을 끊었는데 그의 묘 위에 자라난 풀을 두고 후세 사람들이 '미인초(美人草)'라고 부른 데서 비롯된 고사성어다. 나쓰메 소세키는 그의 작품을 통해 '인간의 성의는 머리를 숙이는 시간에 비례한다'는 의미로 활용했다. 이를 테면 예의바른 것을 지칭하는 말이다.

'쑥스러워서 타인에게는 머리를 잘 숙이지 않게 된다'고 말하는 사람들이 적지 않다. 그들의 마음속에는 상대에 대한 좋은 마음을 지녔음에도 불구하고 내성적인 성격상 표현을 하지 못하는 것이다. 만일 당신도 그중 한 사람이라면 이런 연습을 해볼 필요가 있다.

먼저 전신이 비치는 커다란 거울 앞에 선 다음 빙그레 미소를 지으며 허리를 깊이 숙여 인사를 하는 것이다. 얼굴을 들었을 때는 물론 미소를 머금고 있어야 한다.

이런 동작을 하고 있는 자신의 모습을 거울로 살펴보면 아주 품위 있어 보이면서 스스로도 호감을 갖게 될 것이다.

이번에는 미소도 짓지 말고 억지로 머리를 숙여보자. 거만한 마음으로 머리만 까딱해 보이는 것이다.

그 모습을 거울로 살펴보면 자신의 모습이 얼마나 불쾌한 인상을 주는지 잘 알 수 있다. 스스로 보기에도 불쾌할 정도이니 타인의 눈에는 더더욱 불쾌하게 비칠 것이 뻔하다.

인사를 우습게 생각해서는 안 된다. 학창시절 공부 잘하고 재능도 있는데 빛을 보지 못하는 사람들이 있다. 그런 사람들은 대부분 말투가 거만하고 예의가 바르지 못하다. 때문에 흔히 주변사람들로부터 '싸가지 없는 인간'이라는 말을 듣게 된다.

인간의 가치를 학교 성적이나 일에 대한 능력만 가지고 결정한다면 그것은 잘못된 판단이다. 그 사람에게서 배어 나오는 태도, 그 사람 주위를 떠돌고 있는 분위기가 중요한 것이다. 그럴 듯한 지위에 올랐다고 거드름을 피우는 사람일지라도 그 사람의 가치를 결정하는 것은 그의 태도다.

제아무리 훌륭한 재능을 가지고 있다 할지라도 말과 태도에 친절함이 없으면 사람들은 그를 따르지 않는다.

'당신은 어떤 사람입니까?'

만일 당신도 후자에 속하는 사람이라면 지금 당장 태도를 바꿔야 한다. 인사에 인색하고 어깨에 힘이나 주고 거드름 피우는 사람이라면 행복보다는 불행이 뒤따를 수밖에 없기 때문이다.

작은 인연도

가치 있는 삶을 만들어가는 습관

소중히 여겨라

'소재(小才)는 인연을 만나도 인연인 줄 모르고, 중재(中才)는 인연을 만나도 살릴 줄 모르며, 대재(大才)는 옷깃만 스치는 인연도 큰 인연으로 만든다'

일본 역사에서 유명한 야규 가문의 가훈에 있는 문구다. 옷깃을 스친 정도의 작은 인연까지도 활용한다는 이 말은 인맥이 그 무엇에도 비할 수 없는 소중한 재산이라는 사실을 강조하는 것이다.

세상은 사람으로부터 시작된다. 일본에서도 한국에서도 미국에서도 인간관계의 성공이 그 사람의 성공을 불러온다. 성공한 사람들의 주변에는 다양한 계층의 사람들이 있다. 발이 넓은 사람이라는 얘기를 듣는다.

혹자는 '돈이 떨어지면 인연도 끊긴다'고 말하기도 한다. 하지만 그것은 돈만을 목적으로 사람을 사귀는 이들의 말일 뿐이다. 물론 돈은 귀중한 재산임엔 틀림이 없다. 하지만 이 세상에는 돈으로 살 수 없는 인간의 가치가 있다. 인간의 가치가 돈으로만 결정된다면 예금통장의 잔액 순서대로 가치가 매겨지겠지만 그건 있을 수 없는 일 아닌가. 돈이 전부가 아니다. 그렇다면 인간의 가치는 무엇에 의해 결정되는 것일까?

인간의 가치를 결정짓는 것은 다름 아닌 그 사람의 인격이다. 관점에 따라서는 그 사람의 인격이 돈 이상의 가치를 만들어낸다고 볼 수도 있다. 그 인격 때문에 사람들이 모여들고 돈까지 모여드는 것이다. 우리는 종종 인간적인 매력을 지닌 사람들을 만나게 된다. 이 사람을 따라가면 틀림없다고 믿게 만드는 매력을 지닌 사람으로 그것이 바로 그 사람의 남다른 인격인 것이다.

바닷가의 게는 자신의 몸에 맞게 굴을 판다고 한다. 인간 역시 자신이 판 구멍의 크기가 곧 그 사람의 그릇의 크기가 되는 것이다. 그릇이 큰 사람들의 공통된 특징은 매사에 겸손하고 겸허하다.

공자는 "세 사람이 길을 가면 그 안에 반드시 내 스승이 있다."고 말했다. 세 사람이 함께 여행을 해보면 '나 이외의 사람은 모두 스승'이라는 말을 잘 알 수 있다는 얘기다. 동행한 두 사람에게서 많은 것들을 배울 수 있기 때문이다.

우리가 인생행로에서 스승이라고 우러러볼 만한 사람들은 곳곳에 헤아릴 수도 없이 많이 존재한다. 이를 깨닫지 못하기 때문에 자기만 잘 났고 자기 외에는 괜찮은 사람이 없다는 자가당착에 빠져드는 것이다. 이런 사람들은 자신에게는 스승이 없다고 생각한다.

우리는 '누구에게나 주어진 재능이 있다'며 인간의 존엄성에 대해 말한 공자의 철학을 다시 한 번 되새겨볼 필요가 있다. '겸허한 마음으로 주위의 말에 귀를 기울여라, 옷깃을 스친 정도의 작은 인연까지도 소중히 여겨라'라는 공자의 참뜻을 알 수 있을 것이다.

좋은 일만

가치 있는 삶을 만들어가는 습관

해라

예나 지금이나 삶을 아름답게 사는 한 가지 지혜로서 반드시 실천해야 하는 것은 자신의 형편이 허락하는 범위 내에서 가능한 한 나누고 또 친절을 베풀며 살아가는 것이다. 남에게 친절을 베푸는 것은 내가 손해를 보는 것이 결코 아니다. 그 베풂은 언젠가는 부메랑이 되어서 자신에게 돌아온다.

나누고 베푸는 삶을 실천하면 자신도 모르게 남들이 부러워하거나 존경하는 인물로 남게 된다. 그럼에도 불구하고 타인을 험담하거나 타인의 마음에 비수를 꽂는 듯한 비아냥을 퍼붓는 사람들이 있다. 그리고 타인의 결점을 놀려대며 수치심을 느끼게 하고 정작 본인은 즐거워하는 사람도 있다. 또한 타인을 깎아내려 자신을 돋보이려는 사람들도 적지 않다.

어느 유명 철학자는 '사람에게는 타인의 행복을 기뻐하는 마음이 있는가 하면 경우에 따라서는 타인의 불행을 기뻐하는 일면도 있다'고 말했다.

인간이란 그와 같은 모순 위에서 살아간다는 것이다. 그 철학자의 말처럼 인간에게는 냉혹한 일면이 있다. 다른 사람의 실패를 마음속으로 기뻐하는 경우가 있다. 반대로 자신의 라이벌이 성공을 하면 질투심이나 원한을 품기도 한다. 하지만 그것을 어떻게든 처리하지 않으면 발전은 기대할 수 없다.

자신이 밝아지고 싶다면 타인의 밝은 면을 봐야만 한다. 그리고 밝은 마음으로 상대방을 칭찬해 주는 것이다. 타인의 결점을 밝혀낼수록 자신이 뛰어난 사람으로 부각된다고 생각하는 사람도 있는데, 이는 착각일 뿐 결과는 정반대이다.

타인을 험담할 때는, 듣는 사람도 그 얘기에 동조할지 모른다. 그러나 사실은 그렇지가 않다. 듣는 사람은 자신과는 무관한 이야기일지라도 타인을 험담하고 있는 사람의 비열한 마음을 좋게 평가하지 않는다. 남을 깎아내리는 사람은 언젠가는 자신까지도 깎아내릴 것이라고 생각하기 때문에 그 사람과는 가까이 하길 원하지 않는다.

좋은 말만 하면서 살아도 짧은 인생이란 말이 있다. 타인을 위해 좋은 말만 하고 가능한 한 친절을 베풀어야 한다. 베풀 때는 끝없이 베풀어야 한다. 금전적으로 여유가 있는 사람은 돈이나 물질을 베풀어도 좋다. 하지만 우리가 베풀 수 있는 것은 돈이나 물질만이 아니다. 현관에 어지럽게 널려 있는 구두를 깨끗하게 정돈하는 것도 친절이다. '내리

막길에 접어들어 더 이상 상대해 주는 사람이 없을 때, 믿음을 주는 것, 그것이 인간의 참된 친절'이기도 하다. 괴로움에 빠져 있는 사람에게 친절한 말 한 마디를 건네며 힘을 보태주는 것, 이것이야말로 멋진 친절인 것이다.

남 애기 하지도
가치 있는 삶을 만들어가는 습관
듣지도 마라

남의 애기를 하는 것, 즉 '가십(gossip)'은 인간의 본능 중 하나로 보통 두 사람 이상이 모여 나누는 대화 중 70%는 다른 사람에 관한 것이라고 한다. 이는 100년 전이나 지금이나 시대가 변했어도 마찬가지다. 인간은 다른 사람에 대해 이야기하기를 좋아하는 본능을 지녔기 때문이다.

B는 광고 관련 일에 오랫동안 종사했었는데, 당시 그는 '남 애기하기 좋아하는 심리'를 적절하게 이용한 적이 있다고 한다. 이른바 '입소문' 마케팅이다. 아파트 단지의 주부나 여론의 주도자로 불리는 '오피니언 리더(opinion leader)'를 대상으로 할 경우 특히 효과적이었다고 말했다.

그가 입소문 마케팅을 성공시킨 요령이 있는데 그것은 의외로 아주 간단한 것이었다. 예를 들면 말을 한 후 다음과 같은 말을 덧붙이는 것이다.

"이건 비밀입니다. 다른 사람에게는 절대 알려주지 마세요."

널리 소문을 내주어야 하는데 비밀이라고 강조하니 그 반대이어야 하지 않느냐고 생각할 것이다. 하지만 그렇게 하는 게 입소문의 효과가 더 좋았다. 인간에게는 비밀이나 은밀한 얘기라고 못 박은 것일수록 누군가에게 더욱 얘기하고 싶어 하는 심리가 있기 때문이다.

"어젯밤 놀라운 걸 봤어. 과장님이 젊은 여자하고 다정하게 걸어가는 걸 우연히 봤거든."이라고 말하면 듣는 사람은 "뭐? 정말? 그래서 어떻게 됐어?" 하며 눈을 반짝인다. 더할 나위 없이 좋은 가십거리인 것이다. "그런데 너 이거 절대로 비밀이야. 다른 사람에게는 절대로 말하면 안 돼."라고 못을 박아두면 듣는 사람은 그것을 누군가에게 말하고 싶은 욕망에 사로잡힌다. 비밀스러운 것에 대한 전파력은 참으로 놀랍다. 따라서 일단 타인에게 밝힌 내용은 그 순간부터 비밀이 아니라고 생각해야 한다.

아파트 단지의 한 모퉁이에서 아줌마들이 수다를 떨기에 여념이 없다. 점점 누군가를 험담하는 것으로 이야기가 진전되어 간다. 험담이라는 것은 나중에 그 사실이 알려지면, 험담을 한 사람은 그 대상이 됐던 사람에게 미움을 받게 된다. 그런데 여기서 잘 명심해야 할 사실이 있다. 문제는 그 험담에 수긍을 한 사람까지도 미움을 받게 된다는 것이다. 험담에 동조했다는 것은 자신이 험담한 것과 같은 결과를 초래하는 것이다.

이런저런 얘기를 하다 제3자를 험담하는 상황이 온다면 가능한 한 입을 다물거나 화제를 다른 곳으로 돌리도록 하는 것이 현명한 방법이다. 경우에 따라서는 그 자리를 떠나는 것이 좋을 때도 있다. 어쨌든 타인을 험담한다는 것은 마이너스 사고다. 플러스 사고를 하는 사람은 결코 타인의 비밀을 말하거나 험담하지 않는다.

무슨 일이든
가치 있는 삶을 만들어가는 습관
선수를 쳐라

'국가가 나에게 무슨 일을 해주기를 기대하지 마라. 그보다는 내가 국가를 위해 무슨 일을 할 수 있을지를 생각하라'

1960년 미국 대선에서 현직 부통령이던 공화당의 리처드 닉슨의 추격을 따돌리고 제35대 미 대통령이 된 존 F. 케네디의 취임 연설 중 유명한 한 대목이다. 이 구절은 지금도 많은 이들이 연설이나 글쓰기에 자주 활용하는 명언이다. 케네디는 이 말로 적극성과 행동력의 중요성을 미국민에게 호소했다.

이 말은 자신이 상대방을 위해서 해줄 수 있는 일이 무엇인지를 잘 생각해 보라는 의미로도 해석할 수 있다. 이는 '네가 바라는 일을 타인에게 베풀어라' 라는 성경의 구절과도 통한다.

상대방의 입장에 서서 생각하는 습관, 그리고 아주 사소한 일이라도 그 생각을 행동으로 옮기는 것. 이 두 가지는 매우 중요하다. 그리고 또 하나 중요한 것은 적극성이다. 소극적인 사람을 적극적으로 만들어주는 비결은 이를 테면 선수를 치는 것이다. 소극적인 사람은 선수를 치는 일을 그다지 달가워하지 않는다. 사람과 이야기를 나눌 때도 결론부터 먼저 꺼내도록 노력하면 좋다. 회의나 토론을 할 때도 처음부터 결론을 이야기하면 듣는 사람들은 자신도 모르게 이야기에 빨려드는 법이다.

예를 들어 사장에게 일의 결과를 보고한다고 하자. 안타깝게도 보고할 내용은 결과가 좋지 않았다는 것이다. 당연히 말하기 힘들 것이다. 만일 소극적이고 마음이 약한 사람이라면 "사실은……"이라며 변명부터 시작할 것이다. 그럴듯한 변명을 해야겠다며 쓸데없이 이것저것 지나치게 생각을 하기 때문에 이야기가 자꾸만 중단된다. 물론 그 변명에는 나름대로 일리가 있을 것이다.

하지만 그런 변명은 어디까지나 사장에 대한 방벽에 불과하다. 결국 발을 빼려는 자세에 불과한 것이다. 그런 당신의 태도를 보고 사장은 어떤 느낌을 받을까?

"그래서 어떻게 됐다는 거지? 변명만 늘어놓고 있는데 결과가 어떻다는 거야? 빨리 결론을 말해 보라고, 결론을!"

사장이 이렇게 화를 내게 되면 마음 약한 당신은 고개를 숙여버린다. 사장은 결코 당신을 옹호하거나 위로하지 않는다. 오히려 그 반대일 확률이 높다. "역시 자네는 안 되겠어. 자네는 쓸 만한 사람이 아니야."라며 당신에 대한 평가를 한 단계 내려버린다.

적극성을 드러내려면 결론부터 먼저 이야기해야 한다. 그렇게 해서 상대방의 기선을 제압하는 것이다. 즉, 상대방을 향해서 이쪽에서 먼저 공을 던지는 것이다. 상대방은 당연히 그 공을 "어째서 그렇게 된 거지?" 하며 다시 이쪽으로 던질 것이다.

무슨 일에서든지 선수 치는 습관을 들이는 것이 중요하다는 얘기다.

적극적인 자세로 나서는 것은 모든 일에서 통한다. 글쓰기에서도 이 같은 논법은 하나의 작품 테크닉으로 자주 사용된다. 논설문에서 주로 사용하는 두괄식 문장론이 그것이다. 서두에 먼저 결론을 내려놓고 그 이유를 합리적으로 풀어내는 것이다.

잘 들어주기만 해도

가치 있는 삶을 만들어가는 습관

장점이 된다

예전에 지방에서 강의를 했던 적이 있다. 강연이 끝나자마자 한 청년이 나에게 다가왔다. 질문하고 싶은 일이 있다는 것이었다. 그는 "저는 눌변이라 늘 손해만 봅니다. 화술 교실 같은 곳에 다니면서 공부하는 것이 좋을까요?"라고 물었다. 상대가 어떤 사람인지에 대해 아는 것이 없으니 잠시 머뭇거릴 수밖에 없었다. 그렇다고 아무런 답도 주지 않는다는 것도 문제가 되지 않겠는가.

그래서 나는 이런 말을 해주었다.

"달변인 사람, 두 명이 있습니다. 달변인 사람은 자신의 이야기에만 푹 빠져서 상대방의 이야기는 제대로 듣지 않게 마련입니다. 따라서 달변인 사람끼리 만나 이야기를 나누면 서로 상대방을 싫어하게 됩니다. 자신의 이야기를 조금도 들어주지 않기 때문에 당연히 상대에게 불쾌감을 느끼게 되죠. 하지만 자신의 이야기에 수긍하며 열심히 들어주는 사람을 만나면 기뻐합니다. 달변인 사람뿐만 아니라 사람은 누구나 자신의 이야기를 가만히 들어주는 사람에게 호감을 갖죠. 그러니 눌변이라고 걱정할 필요 없습니다. 상대방의 이야기를 잘 들어주는 것만으로도 달변 이상의 존재감을 가질 수 있으니까요."

그 청년은 여전히 이해할 수 없다는 표정을 지었다. 그는 무슨 말인가를 하고 싶은데 말이 잘 나오지 않는 듯했다. 아무래도 타고난 눌변 같았다. 다른 어떤 말을 더 해주어야 할 것 같았다. 그래서 "눌변을 고치기 위해 잠깐 공부하는 것으로는 효과를 기대할 수 없을지도 몰라요. 그 눌변이라는 마이너스를 역이용해서 플러스로 만들면 됩니다. 플러스 방향이라는 것은 잘 들어주는 사람을 말하는 거랍니다."라고 충고했다. 그로서는 달변가가 되기 위해 노력하는 것보다는 '잘 들어주는 것'이 훨씬 더 쉬운 일이며, 그것이라면 앞으로도 계속해서 해나갈 수 있을 것이다.

흔히들 눌변이라는 사람 혹은 잘 들어주는 사람이라고 말하는 기준은 어디에서 나온 것일까? 끊임없이 말을 해대는 사람을 달변가라고 하는 것일까? 아니면 청산유수처럼 유창하게 이야기하는 사람을 달변가라고 하는 것일까?

일례로, 설득을 목적으로 하는 경우를 생각해 보자. 제아무리 쉴 새 없이 떠들어댄다 할지라도 상대방을 설득하지 못하면 달변가라고 할 수 없다. 세일즈의 경우라면 제아무리 유창하게 이야기를 늘어놓는다 할지라도 상대방이 물건을 사주지 않으면 헛수고인 것이다. 달변인가

눌변인가는 목적을 달성했느냐 못했느냐에 따라서 결정되는 것이다. 따라서 어떤 경우에나 반드시 달변이 좋다고는 할 수 없다. 오히려 사람들은 달변가보다는 자신의 얘기를 진지하게 잘 들어주는 사람에게 호감을 갖지 않을까?

세 가지 부지런을

가치 있는 삶을 만들어가는 습관

떨어라

J씨는 ODM 전문 화장품 회사를 비롯해 두 개의 계열사를 거느리고 있는 CEO다. 60대 초반인 만큼 풍부한 인생 체험을 바탕으로 포용력을 가진 사람인 그는 원만한 인격에 멋진 감성까지 겸비한 그야말로 매력적인 사람이다. 그래서일까? 그는 비즈니스 또한 시원시원하게 이끌어가고 있어 주변 리더십이 뛰어나다는 평가를 받고 있다.

그는 3개의 회사를 움직이다보니 언제나 바쁜 사람이다. 사출기 한 대로 출발하여 성공을 이루어낸 그 '맨주먹 성공담'은 듣는 사람들로 하여금 감동을 느끼게 하기에 충분하다. 그러니 그의 인기 비결은 헤아릴 수도 없이 많지만 나는 그중에서도 그에 대한 아주 중요한 리더십 하나를 알고 있다. 그것은 '3부지런주의'이다.

그는 늘 말한다. "고객의 마음을 완전히 사로잡기 위해서는 누가 뭐래도 부지런해야 한다."고.

J씨가 실천하는 '3부지런주의'의 첫 번째는 '부지런히 쓰기'이다. 그는 자사의 서비스를 받거나 상품을 구입한 거래처(기업)에게 일주일 이내에 반드시 감사의 메일을 보낸다. 물론 실질적인 영업활동은 부하직원들이 했지만 회사를 대표하는 CEO로서 직접 감사의 마음을 전한다. 그의 메일 보내기는 '일주일 이내에 반드시'가 포인트다. 간단히 할 수 있는 일처럼 보이지만 사실은 좀처럼 지키기 어려운 일이다. 하루 이틀 미루다 보면 잊혀지기 마련이다. 때문에 그는 매일 아침 간부미팅이 끝나면 곧장 메일 보내기를 실행으로 옮긴다.

그의 '부지런주의'의 두 번째는 '부지런히 말하기'이다. 이는 거래처에 감사 메일을 보내고 난 다음의 일이다. 그는 일일이 고객에게 전화를 걸어 관리했다. "얼마 전 저희 회사가 납품한 제품은 어떻습니까? 불편한 점이나 부족한 점은 없습니까?"라고 묻는 것이다.

마지막 '부지런주의'의 세 번째는 '부지런히 움직이기'이다. 그는 고객(거래처 사장이나 임원)의 집무실로 직접 찾아간다. 물론 의도하에 갔으면서도 "근처에 왔다가 잠깐 들렀습니다."라고 인사를 한다.

부지런히 메일을 보내고, 부지런히 전화를 하고, 부지런히 움직이기. 이 '3부지런주의'를 끈기 있게 지속적으로 실행해야만 효과를 볼 수 있다. 한 회사의 사장이 직접 이 같은 노력을 기울이는데 그 성의에 만족하지 않을 고객이 있겠는가? 고객을 완전히 사로잡을 수 있는 비결이다.

사실 이 세 가지 부지런주의 중 '부지런히 메일 보내기'가 가장 쉬운 듯하면서도 어려운 일이라고 한다. 마음이 있다 하더라도 실제로 컴퓨터 자판을 두들기지 않으면 안 된다. 특히 감성을 불어넣어 진정으로 감사하는 마음을 전하려면 정해진 멘트가 아닌 그때 그때 내용이 달라져야 하기에 문장력을 필요로 하는 것이다. 또한 J씨의 '3부지런주의'는 20년 이상 지속되어온 일로 가장 중요한 것은 지속적으로 해왔다는 것, 바로 습관화된 그만의 비즈니스 테크닉이라는 것을 기억할 필요가 있다.

답 없으면

가치 있는 삶을 만들어가는 습관

메모한 후 벗어나라

'어떤 교육을 받든 인간은 불완전한 존재다'라는 말이 있다. 이 세상에 완벽한 인간이란 존재하지 않는다는 말이다. 일례로 오랫동안 참선으로 수행을 쌓아온 사람들도 참선에 들어가면 여러 가지 잡생각이 떠오른다고 한다. 이 때문에 좀처럼 무념무상의 경지에 이를 수 없다고 한다.

이색적인 사례로 10여 년 이상 참선 수행을 통해 자기관리를 해오고 있는 어느 종교인은 참선 시 수첩을 가지고 좌선에 들어간다고 한다. 좌선에 들어가서 여러 가지 잡념이 떠오르면 그것을 메모하기 위해서다. 잡념이 떠오를 때마다 적어두면 잡념에 휩싸이지 않고 좌선에 집중할 수 있다는 것이다.

그 종교인처럼 문제점을 종이에 적어두면 크게 도움이 되는 것이 한가지 있다. 우리는 때때로 난관에 부딪힌다. 그리고 아무리 생각해 봐도 해결책이 떠오르지 않는 경우가 가끔 있다. 아무리 생각해 봐도 해결책이 떠오르지 않을 때는 일단 그 문제에서 벗어나보는 게 좋다. 단, 그 문제의 요점은 수첩에 명확하게 기록해야 한다. 문제점을 잠재의식 속에 뚜렷하게 각인시켜두는 것이다. 그렇게 하면 신기한 일이 벌어진다. 전혀 생각지도 못했던 해결책이 떠오르는 것이다.

이와 같은 해결책은 아무런 노력도 기울이지 않고 저절로 얻은 답처럼 보이지만 사실은 그렇지 않다. 인류에게 주어진 만능의 힘인 잠재의식이 해낸 일이다. 대뇌 생리학의 세계적인 권위자였던 한 의학박사는 이렇게 말했다.

"인간의 기억력이라는 것은 어정쩡하고 어설픈 해답을 내리면 그것이 정답인 줄로 착각해 버린다. 그리고 그 문제에 대해서 완전히 잊어버리고 만다. 우리가 난관에 부딪혔을 때, 일시적이고 어설픈 해답을 내놓는 것은 그다지 좋지 못한 일이다."라고.

이를 테면 '일단 답을 내렸다'는 생각에 빠져버리는 것은 즉 자가당착에 빠지는 것이기 때문이다. 자칫하다가는 마치 그것이 해결책인 것처럼 착각을 해버리게 된다. 그렇게 되면 잠재의식 속에는 그 문제가 각인되지 않는다. 잠재의식 속에 각인되지 않으면 문제 해결에 관한 힌트가 눈앞에서 왔다 갔다 해도 그것을 깨닫지 못한다. 따라서 어려운 문제에 부딪혀 답이 보이지 않을 때는 우선 문제점을 확실하게 기록한 다음, 그 문제에서 벗어나 다른 일을 해보는 것이다. 그렇게 하다보면 잠재의식의 힘에 의해서 나중에 멋진 해결책이 떠오른다.

지시할 때는

가치 있는 삶을 만들어가는 습관

한번 더 확인해라

어느 날, 사장이 부하 직원을 불러서 일을 맡겼다.

"김대리, 이 서류를 복사하고 A사의 상무에게 급히 보내줘."

당신이 김대리라면 어떻게 하겠는가? 사장이 부탁한 서류의 사본을 보낼 건가, 아니면 원본을 그대로 보내겠는가? 사람들의 십중팔구는 사장이 복사를 해서 보내라고 했으니 분명 사본을 보낼 것이다. 김대리도 그렇게 했다. 그런데 이게 커다란 실수였다. 사실 그 서류는 A사의 상무에게서 빌려 온 것으로 사장은 서류의 원본을 보내라는 뜻으로 말한 것이었다. 게다가 그 서류는 당장 A사의 회의에 필요한 것이었기에 빨리 보내달라고 재촉하는 전화가 걸려왔던 것이다. 사본을 보냈으니 A사의 상무에게 싫은 소리를 듣는 것은 당연한 일이다. 하지만 일을 맡은 김대리의 입장에서 보자면 사장이 복사해서 보내라고 명령했기 때문에 그대로 복사해서 보낸 것뿐이다. 엄밀히 따지면 그에게는 잘못이 없다는 얘기다.

만일 사장이 이렇게 지시했다면 문제는 발생하지 않았을 것이다.

"이건 A사의 상무에게서 빌려 온 서류거든. 오늘 A사의 회의에서 써야 한다니 얼른 돌려줘야 해. 그러니까 A사에 원본을 보내주도록 해. 사본은 내 책상 위에 올려놓고."

직장에서는 이와 같은 엇갈림이 적잖이 발생한다. "예, 알겠습니다."라고 대답한 뒤부터 자기 나름대로 해석해서 일을 처리한다. 그럴 때, 잘못된 해석을 하게 되면 김대리와 같은 예기치 않은 실수를 저지르게 된다.

물론 일을 맡긴 사람 쪽에 근본적인 책임이 있다. "예, 알겠습니다."라며 상대방이 물러서려 할 때 "잠깐" 하고 불러 세울 필요가 있다. "무슨 말인지 알지. 한 부 복사해놓고 원본을 보내주면 돼."라고 말했더라면 김대리의 오해를 막을 수 있었을 것이다. 이럴 경우 의뢰받은 사람은 의뢰 내용을 스스로 되뇌이게 된다. 그리고 "네. 복사한 후 원본은 빨리 보내주면 되는 거죠. 알겠습니다."라고 저절로 말하게 된다. 이것이 바로 주고받는 지시와 이행의 정석이다.

인간의 행위나 사상은 언제나 오해를 받게 마련이다. 그것을 타인에게 정확하게 이해시키기 위해서는 가능한 한 여러 번 반복해서 표현할 필요가 있다. 따라서 누군가에게 일을 지시할 때는 정확하게 하는 것이 철칙이다. 하지만 우리는 자신의 전달 방법이 좋지 않았다는 사실을 의외로 깨닫지 못한다. 반복과 확인의 중요성을 명심해두자.

아이디어는

가치 있는 삶을 만들어가는 습관

메모해라

어느 여성 발명가가 있다. 10여 년 전부터 발명에 관심을 쏟은 그녀는 지금 어엿한 중소기업의 CEO가 되어 왕성한 활동을 하고 있다. 그를 지금의 CEO 자리에 앉혀놓은 첫 출발은 아주 사소한 일에서 출발했다. 결혼 후 아이를 낳아 키우던 중 어느 날 아이 젖병을 소독하고 분유를 타면서 물에 대해 관심을 갖게 됐다는 것이다. 그것이 계기가 되어물 관련 제품을 발명하게 되어 이제는 수출기업의 대표에 이른 것이다.

모든 위대한 일도 따지고 보면 작은 시작에 의해서 이루어졌다는 얘기로 우리가 살면서 사소한 일이라는 이유로 마냥 우습게 생각해서는안 된다는 교훈이기도 하다. 무슨 일이든 얕은 곳에서부터 출발하여 점점 깊은 곳에 도달하게 된다. 그럼에도 불구하고 사람들은 종종 사소한일을 경시하는 실수를 범하고 만다. 평소 문득 떠오른 생각들, 즉 갑자기 머릿속을 스치고 지나가는 아이디어가 대표적인 예다. 이렇게 시도 때도 없이 획기적인 아이디어가 떠오를 때 어떻게 하면 좋을까?

아이디어의 실행과 현실화는 메모가 그 핵심이 된다. 평소 메모를 해 두는 습관은 매우 중요하다. 하지만 그 순간의 생각에서 그칠 뿐 그것을 그냥 흘려버리고 만다. 모처럼 떠오른 아이디어인데도 붙잡아 두려 하지 않는 것이다. 훗날 누군가가 자신이 떠올렸던 아이디어와 똑같은 사업으로 성공을 거두게 되면 그제야 '나도 예전에 저런 사업을 구상하려고 했는데……' 라고 뒤늦게 후회를 한다.

작은 생각이야말로 정말 소중한 것이다. 동서고금을 막론하고 모든 발명과 발견은 작은 생각에서 시작된 것들이다. '먼지 봉투 없는 청소기', '날개 없는 선풍기' 는 유럽에서 최고의 매출과 인지도를 자랑하는 가전제품 메이커를 소유하고 있는 다이슨의 얼굴과도 같은 제품들이다. 성공신화를 일군 창업자 제임스 다이슨은 본래 영국의 왕립 미술학교에서 산업 디자인을 전공한 디자이너였다. 그의 첫 발명품이자 부를 가져온 획기적인 아이디어 제품인 먼지 봉투 없는 청소기는 진공청소기로 청소를 하다가 자꾸 흡입력이 약해지는 것에 화가 난 나머지 자기 손으로 청소기를 만들어야겠다는 결심을 하게 된 것이 그 출발점이었다.

아이디어라는 것은 언제 어디서 떠오를지 모른다. 그리고 그것이 언제까지고 마음속에 남아 있으리라고는 장담할 수 없다. 필요할 때 언제라도 꺼내볼 수 있는 것이 아니다. 때와 장소를 가리지 않고 머릿속에 떠오르는 아이디어를 놓치지 않으려면 어떤 형태로든 보존해 둘 필요가 있다. 그러기 위해서는 항상 펜과 종이를 몸에 지니고 있어야 한다.

펜만은 언제나 가지고 다녀야 한다. 메모 용지가 없어도 상관없다. 주머니 속을 뒤져보면 무엇인가가 반드시 나올 것이다. 영수증이나 명함에 메모를 해도 상관없다. 아이디어가 떠오르면 지체 없이 기록하는 것이다. 기록한 메모는 때를 봐서 다른 노트에 옮겨 적으면 그것이 자신의 아이디어 수첩이 된다.

특히 종이에 기록한다는 것은 매우 잘하는 일이다. 모든 신경이 그곳으로 집중되기 때문이다. 자신의 생각을 종이에 적는다는 것은 자신의 마음속에도 그것을 기록한다는 것이다. 마음속에 기록한 것이기 때문에 명확하게 기억할 수 있다는 말이기도 하다. 단순히 얘기를 듣기만 했을 때보다 훨씬 더 오래도록 정확하게 기억할 수 있다. 아이디어 수첩 속의 내용은 평소 자주 훑어보며 잠재의식 속에 각인시키도록 하는 것이 중요하다. 그것이 바로 자신도 모르는 사이에 그 아이디어 하나하나는 실행으로 옮기는 촉매가 된다.

10여 년 전 『메모의 기술』이라는 책이 서점가 베스트셀러가 된 적이 있었다. 메모를 해왔지만 제대로 활용하지 못하고 있는 사람들에게 메모 성공 기법을 터득할 수 있게 해주는 책이었다. 이 책은 직장인, 기업인들에게 메모해 두는 습관이 중요하다는 것을 일깨워주는 데 큰 몫을 했다. 최근 들어서는 스마트폰의 기능이 다양해지면서 폰에 직접 메모를 해두는 이들이 늘고 있다. 펜과 노트를 가지고 다니면서 메모를 하는 것이 귀찮다면 스마트폰에 해도 좋다. 다만 그것을 습관화하고 쌓여진 메모를 잘 활용하는 지혜가 필수다.

구체적인 계획표를

가치 있는 삶을 만들어가는 습관

세워 추진해라

기한이 정해져 있는 일은 반드시 상세하게 계획을 세워서 진행해 나가야 한다. 그와는 반대로 기한에 비교적 여유가 있는 일, 언제 해도 상관없는 일도 있다. 대부분의 사람들이 기한이 정해져 있지 않은 일을 등한시 여기는 습성이 있다.

하지만 결코 좋은 습관이 아니다. 언제든지 할 수 있는 일일수록 더욱 엄밀하게 계획을 세워서 실천에 옮겨야 한다. 이런 자세가 적극성을 기르는 데 매우 중요한 역할을 하기 때문이다. 스스로 직접 짠 스케줄에는 타인이 참견을 할 여지가 없다. 때문에 자기 페이스대로 일을 해나갈 수가 있다.

예를 들어 '조만간 자동차 운전 면허증을 따겠다' 는 목표가 있다고 하면 그것을 ○월 ○일까지 따겠다는 식으로 좀 더 구체적으로 정하는 것이다. 20여 년 전 직장 동료 중 한 사람이었던 S가 그랬다. 그는 좋은 생각을 갖고 있으면서도 구체적인 실행계획을 세우지 않는데다 적극성도 부족해서 자신의 삶에 매우 중요한 것들도 좀처럼 실행으로 옮기지 못하는 편이었다. 운전을 싫어하는 그에게 '현대인에게 운전은 필수이니 면허증을 따야 한다'고 몇 번이고 귀가 따갑게 말했지만 처음에는 '언젠가는 따겠지'라며 대수롭지 않은 일인 듯 말하곤 했다.

그런 그가 어느 날 무슨 이유에서인지 '○월 ○일까지 반드시 따겠다'는 계획을 세웠다고 자랑했다. 게다가 '○월 ○일 자동차 학원 등록, ○일까지 필기시험 통과, ○일까지 실기시험 통과' 같은 식의 행동계획을 세웠다고 했다. 갑자기 변한 S의 말은 가슴에 와닿지 않았다. 실제로 그는 그날 저녁 곧장 학원에 등록했고 자신이 의도한 대로 운전면허증을 취득했다. 그가 예전처럼 '조만간', '언젠가는' 하는 식으로 생각하고 있었다면 언제까지고 운전면허는 취득하지 못했을 것이다. 그 일을 계기로 그의 생활 스타일에 변화가 발생했다. 매사에 계획표 짜기를 좋아하고 계획표대로 움직이는 일에도 적극성이 드러났다.

'모든 이치만 앞세우고 일은 뒤로 미루면 전진하기 어렵다'는 말이 있다. 제아무리 이론을 앞세워도 행동이 수반되지 않으면 소용없다는 의미다. 언제든지 할 수 있는 일이라고 우습게 여기면 끝내 할 수 없다. 책장 정리처럼 수시로 할 수 있는 작업이라 할지라도 조금 전에 말한 행동 예정표처럼 계획을 세워 해치우는 것이 좋다.

어떤 일이든 실행을 위한 계획표는 가능한 한 구체적인 것이 좋다. 언제까지 어디서 무엇을 할지 확실하게 적어두는 것이다. 물론 계획표대로 진행되지 않는 경우도 있다. 그럴 때는 자신이 게으름을 피우지 않았는지, 자신의 생각이 무르지는 않았는지를 반성해 봐야 한다.

계속 미뤄오던 일을 해치우면 쾌감을 느낄 수 있다. 그런 쾌감을 맛보게 되면 다른 일도 차례로 해나가고 싶다는 생각이 들기 때문에 자신도 모르게 적극성을 가질 수 있다. 언제라도 할 수 있는 일을 시원시원하게 해나가는 습관, 이 습관이 중요하다.

자신에겐 엄격하고
가치 있는 삶을 만들어가는 습관
타인에겐 관대하라

'하나부터 열까지 완벽하게 준비를 해놓고 나서 시작하겠다고 한다면, 결국 아무것도 이루지 못한다' 는 말이 있다. 이런 저런 핑계만 대고 좀처럼 일을 시작하려 들지 않는 사람들이 새겨들어야 하는 말이다.

경영자, 샐러리맨, 교육자, 과학자, 기술자 등등 세상에는 갖가지 직업에 종사하는 수많은 사람들이 있다. 하지만 어떤 분야에 종사하는 사람이든 두 부류로 나눌 수 있다. 하나는 성공한 사람에 속하는 사람들이고, 또 다른 하나는 성공하지 못한 사람에 속하는 부류다. 이처럼 두 부류를 구분 짓는 기준은 무엇일까? 그것은 바로 행동력의 차이다.

성공한 사람들은 모두 적극적으로 행동한다. 반대로 성공하지 못한 사람들은 매사에 소극적으로 행동한다. 이것이 두 부류를 나눌 수 있는 결정적인 차이점이다. 소극적인 사람들은 핑계를 대며 좀처럼 일을 하려 들지 않는다. 그들은 말한다. "나는 아직 완벽하다고 할 수 있을 정도로 준비가 되지 않았기 때문에⋯⋯."라고 변명을 하며 행동하지 않는다. 하지 않는 이유를 늘어놓는 데는 타의 추종을 불허하는 사람들이다. 예를 들어 책상 위에 서류가 산더미처럼 쌓여 있다고 하자. 어디부터 손을 대야 할지 알 수 없을 정도다. 그럴 때 적극적인 사람은 어쨌든 할 수 있는 일부터 손을 대기 시작한다. 모든 것을 한 번에 해치울 수는 없다. 그렇기 때문에 우선은 할 수 있는 부분에서부터 시작하는 것이며 그러다 보면 생각보다 일이 쉽게 풀려 하나하나씩 해결할 수 있다.

적극적인 사람과 소극적인 사람의 차이점은 모든 행동에서 나타난다. 적극적인 사람은 즉시 처리를 늘 염두에 두고 있다. 그리고 그 부산물로 신뢰와 자신감, 그리고 높은 수익을 얻는다. 소극적인 사람들은 조금만 실수를 해도 바로 변명하는 사람들이다. 한마디로 비겁한 행동을 한다. 변명하지 않아도 될 만한 행동을 취하면 될 텐데 말이다. 물론, 그런 사람들을 너무 몰아세우는 것도 마냥 잘하는 일만은 아니다. 주변에 변명을 하고 싶어 하는 사람이 있으면 먼저 친절하게 그것을 들어주는 편이 좋다. 단, 자기 자신은 무슨 일이 있어도 변명하지 않겠다는 마음을 굳게 다지고 항상 실천으로 옮기면 된다.

"타인의 변명은 들어줘라."라고 말하면서도 한편으로는 "자신은 변명을 하지 말라."고 말한다면 두 개의 생각은 서로 엇갈린다. 이율배반적인 논리다. 하지만 이것은 사회생활을 함에 있어서 대인관계의 테크닉이자 현명한 처신이다. '자신에게는 엄격하게, 타인에게는 따뜻하게' 대하는 자세를 나타내고 있는 것이다.

마무리가

가치 있는 삶을 만들어가는 습관

깔끔해야 한다

오피스텔에서 컨설팅비즈니스를 하는 한 친구의 사무실 입구에는 언제나 종이 한 장이 붙어 있다. 그 종이에는 '벗은 신발은 잘 정돈해 둡시다'라고 적혀 있다. 마치 어린아이들에게 말하는 것 같은 문구다. 틀림없이 그렇다. 우리가 어렸을 때부터 귀에 못이 박히도록 들어온 말이다. 그런데 우리는 어른이 된 지금까지도 그런 사소한 일조차 제대로 지키지 못하고 있다는 얘기다. 산만하게 벗어놓은 채 그냥 내버려 두는 경우가 비일비재하다.

구두를 벗는 일과 같은 사소한 일을 예로 들었지만 여기에는 아주 큰 의미가 있다. 실제로 친구는 사무실에서는 늘 뒷정리를 중요하게 여긴다고 했다. 그는 그 구체적인 행동 습관 중 하나로 '벗은 구두 정돈'을 철저하게 실행하고 있는 것이다. 뒷정리를 깔끔하게 하는 습관을 들이지 않으면 무슨 일이든 원만하게 진행되지 않는다는 사실을 잘 알고 있기 때문이다.

무슨 일이든 계획, 실행, 검토로 이어지는 과정을 밟아 일을 진행한다. 특히 실행한 후의 뒷정리가 중요하다. 사후에 검토를 꼼꼼하게 해야만 반성할 점을 파악할 수 있기 때문이다. 또 그래야만 개선해야 할 문제점도 밝혀낼 수 있다. 일이란 문제 해결의 과정을 일컫는 말이다. 따라서 문제점을 제대로 알고 있으면 '후회해 봐야 소용없다. 하지만 후회가 없는 곳에서 성공은 태어나지 않는다'는 말이 있다. 사람은 어떤 일에 크게 실패한 뒤 후회를 한다. 그 사람에게 실패가 심각한 것일 경우에는 심하게 좌절하기도 한다. 더러는 그 일에 사로잡혀 병을 얻는 경우도 있다. 하지만 '실패는 성공의 어머니'라는 말을 마음에 떠올리면 상황은 완전히 뒤바뀐다. '분명 커다란 실패를 하긴 했지만 그렇다고 죽으라는 법은 없다. 노력하면 어떻게든 극복할 수 있을 것이다. 죽기를 각오하고 열심히 하면 다시 새로운 길이 열릴 것이다'라는 식으로 받아들여 뒷정리를 하는 것이 오히려 도움이 된다.

흐르는 강물은 어떤 장애물을 만나든 조금도 당황하지 않는다. 다만 살짝 돌아서 흘러갈 뿐이다. 실패를 성공의 어머니로 바꾸는 뒷정리는 매우 중요하다. 다만 이는 하루아침에 길들여지지 않는다. 꾸준히 반복하는 가운데 습관으로 만들어진다.

다른 사람에게서

가치 있는 삶을 만들어가는 습관

답을 구해라

"정말 답이 안 나온다."

살다보면 이런 말이 입에서 저절로 나오는 상황이 종종 발생한다. 회사 내 회의 등에서도 여러 가지 의견이 나오지만 결론이 나지 않는 경우가 있다. 또 부부가 사소한 말다툼으로 시작하여 장시간 동안 서로의 잘잘못을 따져가며 말싸움을 하다보면 시간만 흘러가고 아무런 결론도 나오지 못한다. 이런 경우는 의외로 많다.

어떤 일이 결론을 내지 못하고 장벽에 부딪혔을 때 그저 막막하기만 하다고 느꼈을 때 문제를 해결하는 비결은 없을까?

장벽에 부딪혀 갈피를 잡지 못할 때는 일단 그 문제에서 벗어나 보는 것이다. 즉, 밖으로 나가서 타인의 의견을 들어보는 것이다. 그 분야의 전문가도 좋고 다른 업계에 종사하는 사람도 좋다. 오히려 다른 업계에 종사하는 사람의 의견을 듣는 것이 더 좋을지도 모른다. 상대방은 당신이 종사하고 있는 업계의 일을 잘 모르기 때문에 당신의 설명이 부족하면 자세하게 질문을 한다. 바로 그 점이 좋다는 것이다. 당신이 알고 있다고 생각하는 부분이라도 새삼스럽게 질문을 받으면 중요한 점이 빠져 있다는 사실을 깨닫게 되는 경우가 있기 때문이다.

나도 이와 같은 경험을 몇 번이나 했다. 정작 자신도 깨닫지 못했던 문제점은 반드시 있는 법이다. '그래, 바로 여기에 문제가 있었군' 하며 스스로의 약점을 발견하는 경우도 있다. 이처럼 문제가 정리되어 다람쥐 쳇바퀴 돌듯 하던 생각에서 벗어나는 경우도 상당히 많다.

상대방이 전문가이든 다른 업계에 몸담고 있는 사람이든 모르는 것이 있을 때는 타인에게 묻는 것이 가장 좋은 방법이다. 어느 저명한 철학자가 남긴 말 중에 '어리석은 짓을 거듭해서 얻은 영리함과 평범한 영리함은 서로 다르다' 라는 말이 있다. 어리석은 짓, 다시 말해 실패도 인생의 밑거름이 된다는 좋은 메시지다.

누구나 실패를 하게 마련이지만, 특히 같은 분야에 있는 선배들의 실패담은 귀중한 재산이 된다. 선배가 자신의 실패담을 교훈으로써 들려주는 것은 그가 지금은 멋진 성공을 거뒀기 때문이다. 자신이 극복해 온 실패를 생각하기도 싫은 추억이 아니라 그리운 추억이라고 받아들일 만큼 이제는 여유를 가지고 있기 때문에 과거의 실패를 교훈삼아 이야기해 주는 것이다.

직장인이라면 같은 분야의 선배들에게서 배울 것은 '어떻게 해서 실패를 극복했나'에 대해서 조언을 구하는 것이다. 그런 과정에서 '이처

럼 적극적으로 보이는 선배도 예전에는 실패를 많이 했고 나약한 모습
도 있었구나' 하는 사실을 알 수 있다.

선배도 나와 마찬가지로 실패를 경험해 온 사람이라는 사실을 깨닫
는다면 자신이 지니고 있던 열등감도 경감될 것이다.

선배의 실패 경험을 들어두면 좋은 점이 한 가지 더 있다. 자신이 현
실적으로 안고 있었던 돌파구가 보이지 않던 문제를 해결하는 것은 물
론이고 자신의 일과 관련된 수많은 노하우를 얻을 수 있다는 점이다.
자신이 잘하고 있다고 스스로 인정하거나 옳다고 믿었던 방법도 알고
보니 자신의 착각이었음을 깨닫는 이를 테면 일석이조의 효과를 얻을
수 있다.

부분이 아닌
가치 있는 삶을 만들어가는 습관
전체를 보라

20여 년 간 친구처럼 지내는 후배가 있다. 그녀는 언제나 웃음을 잃지 않기 때문에 주변 사람들로부터 늘 밝게 사는 사람으로 평가받고 있다.

그녀에게는 10대 후반 시절부터 뼈가 썩어가는 난치병이 찾아왔고 그녀는 여전히 그 병과 싸우고 있다. 손톱이 뿌리부터 곪는 고통스런 날들이 계속되었다고 한다. 이도 하나 둘 빠지기 시작했다. 머리카락도 마찬가지로 빠지기 시작했다.

꽃다운 시절인 대학 졸업 당시에 그녀는 최악의 상태를 맞이해야 했다. 몸무게는 22kg, 혈압은 30~60mmHg. 3000cc의 수혈로 목숨만 간신히 구할 수 있었다.

고독한 투병 생활을 계속해야 하는 그녀는 부모님에 대한 원망은 물론이고 신까지도 저주하게 됐다. 그러던 어느 날, 그녀의 운명이 바뀌었다. 한 모임에서 만난 한 나이 든 선배와의 만남 이후부터다.

하루는 그 선배가 이렇게 말하더란다. "뭐야, 몸을 완전히 못 쓴다고 들었는데 손은 쓸 수 있잖아. 눈은 보이나? 귀는 잘 들리는 거지?" 등등 선배의 질문이 꼬리에 꼬리를 물었다. 그런 후 선배는 "걱정할 거 없어. 네 몸의 90퍼센트가 정상이잖아."라고 했다.

그 말을 듣는 순간 그녀의 머릿속에 자리 잡고 있던 암운이 걷혀버렸다고 한다. '병에 걸렸다고는 하지만 손발도 움직일 수 있고, 눈도 보이고, 귀도 들리고, 말도 할 수 있다.

그러고 보니 선배의 말이 옳다. 몸의 일부가 병들어 있는 것에 불과해'라는 큰 깨달음을 얻은 것이다.

이로 인해 삶을 포기하려 했던 그녀에게 새로운 인생이 시작되었다. 그러자 신기한 일이 벌어졌다. 괴사 상태에 있던 손톱이 자라기 시작했고 머리카락도 자라났고 고관절의 통증도 약해졌다. 오랫동안 그녀를 괴롭혀왔던 병이 활동을 중지한 것이다.

그녀를 변화시킨 선배는 특이한 경력을 가진 사람으로 20여 년이라는 오랜 세월 동안 감옥 생활을 한 이력을 갖고 있다. 그는 장기 복역수로서 모든 것을 포기하고 절망적인 시간을 보내다가 어느날부터인가 자신의 미래를 생각하면서 새로운 삶을 준비하기 시작한 사람이다. 그는 어두컴컴한 교도소 내에서 새로운 빛을 발견하고 그로 인해 '부분과 전체를 보는 법'을 스스로 찾아낸 인물이다.

우리는 정신없이 돌아가는 현실을 살면서 그만 놓치는 것이 있다. 그것이 바로 일부분만 보면서 마치 그것이 전체인 양 착각하는 경우다. 인생이란 그리 짧은 시간이 아니다. 그러니 어느 한 가지만으로 좌절하거나 그것이 곧 삶의 끝으로 봐서는 안 된다. 부분이 아닌 전체를 보는 습관이 중요한 이유다.

지금 할 일을
가치 있는 삶을 만들어가는 습관
다음으로 미루지 마라

아주 오래된 기억이지만 이상하게도 오랫동안 머릿속에 선명하게 남아 있는 기억이 있다. 중학학교 1학년 때의 일이었다. 담임선생님의 한자 받아쓰기다.

당시 우리 담임선생님은 한문 선생님이었다. 그의 지도 방법에는 독특한 비결이 숨어 있었다. 아마도 학생들에 대한 심리적 효과를 노리고 있었던 듯하다. 수업시간에 종종 한자 받아쓰기 시험을 보았고, 그럴 때마다 선생님은 언제나 90점 이하는 실격이며, 100점을 받을 때까지 계속해서 재시험을 쳐야 한다고 선언했다. 사실 점수를 90점 이상 받기란 그리 쉬운 일이 아니다. 그런데도 90점 이상 받지 못하면 100점을 받을 때까지 계속 시험을 보겠다고 으름장을 놓은 것이다. 우리 반 아이들의 불안은 점점 커져만 갔다. 때문에 평소 공부를 하지 않는 친구들도 한문시간이 되기 전에 미리 그날 배울 한자연습을 하곤 했다. 물론 50명 전원이 90점을 넘지는 못했지만 다른 과목에 비해서 한자시험 성적은 매우 우수했다. 내 기억으로는 아마도 70% 이상이 90점을 넘을 정도였던 것 같다.

사실 요즘아이들에게는 쉽게 통하지도 않을 일이었지만 그 정도의 일로 불안에 떨었던 것을 보면 당시의 아이들은 상당히 순진했던 모양이다. 몇 십 년이 지난 후인 얼마 전에야 안 사실이지만 이와 같은 불안 상태를 심리학에서는 '테스트 불안'이라고 말한다. 선생님은 우리를 '테스트 불안'으로 몰아넣은 것이다. 사실 그날 배우는 한자를 받아쓰는 자체는 그다지 어려운 시험은 아니었다. 그렇기 때문에 '90점 이하는 재시험'이라는 극단적으로 엄격한 조건을 제시하여 우리의 불안감을 조성한 것이다. 선생님은 '테스트 불안'을 느끼게 하면 학생들이 보다 열심히 공부할 것이고 그러면 성적이 오를 거라고 생각한 것 같다.

공부를 할 때나 일을 할 때도 '이것을 하지 않으면 큰일을 당하게 된다'는 정도의 불안 상태로 자신을 몰고 갈 필요가 있다. 불안을 어느 정도로 몰고 가야 하는지는 스스로 조절하면 된다. 어쨌든 조금은 엄격하게 하는 것이 좋다. 할 일이 정해지면 그 시점에서부터 바로 시작하도록 습관을 들이는 것이 중요하다. 때와 장소를 가리지 않고 즉석에서 하는 것이 중요한 포인트다. 실제로 "나중에 하겠다.", "내일부터 하겠다."고 하는 사람은 아무리 시간이 흘러도 그것을 하지 않는다. '지금 할 수 있는 일', '오늘 할 수 있는 일'을 뒤로 미루는 것은 좋지 않은 습관이다.

상사로부터 기획서를 제출하라는 명령을 받았다고 하자. 이번 달 안으로만 제출하면 된다고 했을 때 '아직도 한 달이나 남았다'고 생각해서는 안 된다. '일주일 이내가 마감' 해야 한다는 기분이 들 정도로 자신을 몰아붙여야 한다. 그러고는 일단 기획에 착수하여 집중적으로 그 일에 매달리는 것이다. 이럴 경우 어떤 자료가 더 필요할지, 정리하는 데 어느 정도의 시간이 소요될지 등을 예측할 수 있다. 따라서 일을 척척 진행해나갈 수 있다. 특히 손에 익지 않은 새로운 일을 할 때는 이 '즉석 착수'가 효과적으로 작용할 것이다.

미친 듯이
가치 있는 삶을 만들어가는 습관
집중해라

청소년시절에 여자 친구와 놀이공원에 갈 약속을 해놓고 나서 공부를 하려면 머릿속은 온통 놀이공원과 친구 얼굴만 떠올라서 공부에 집중이 되지 않았다. 그러니 30분 이상을 공부에 집중하지 못하고 방과 거실을 들락날락거렸다. 그러자 어머니가 하는 말씀이 '마음이 콩밭에 가 있는데 공부가 될 리가 없지' 라며 핀잔을 주셨다.

'마음은 콩밭에 가 있다' 는 속담은 본래 '비둘기 마음은 콩밭에 있다' 는 말로 비둘기의 마음은 늘 자신의 관심거리가 있는 곳, 즉 콩밭에 있다는 것이다. 마찬가지로 사람도 자신의 이익과 관심이 있는 곳에만 정신을 판다는 것을 비유하여 사용하는 속담이다. 공자도 같은 말을 했다. '마음이 다른 곳에 가 있으면 보여도 보지 못하고, 들어도 듣지 못하고, 먹어도 맛을 알지 못한다' 는 것이다. 지금 하고 있는 일에 집중하지 않으면 아무것도 보이지 않고, 들리지 않고, 알지 못하게 되는 법이라는 교훈이다.

요즘은 변화무쌍하다는 말이 제대로 맞아떨어지는 그야말로 자고 일어나면 또 다른 세상이 열리는 그런 시대다. 기술의 발전과 정보통신의 혁명으로 인해 변화의 속도는 점점 빨라져만 가고 있다. 이 때문일까? 무슨 일에서나 납득할 수 있을 때까지 가만히 몰두하려 하는 사람들이 줄어들고 있다. 요령껏 적당히 마무리짓는 사람들이 적지 않은 것이다. 누구나 한 번쯤은 적당히 한 일이 상당히 좋은 결과를 낳는 경우를 경험했을 수 있다. 한번 좋은 결과를 내게 되면 다음에도 다시 적당히 해서 일을 넘기려 한다. 하지만 이번에는 그렇게 쉽게 넘어가 주질 않아 커다란 실패를 경험하고 만다.

베테랑 비즈니스맨들은 빠르고 정확하게 일을 처리한다. 그것은 그 사람이 숙련되어 있기 때문이다. 창조적으로 머리를 쓰기 때문에 일을 척척 해나갈 수 있는 것이다. 바로 이런 점을 수많은 젊은이들이 오해를 하고 있는 듯하다. 일을 척척 처리해나가는 선배의 모습을 보고 마치 일을 적당히 대충 하는 것이라고 착각해버리는 것이다. 아주 잘못된 생각이다. 이는 엄청난 착각이 아닐 수 없다.

열매가 익으려면 시간이 필요하다. 봄에 꽃을 피운 나무는 가을이 되어서야 열매를 맺는다. 하루라도 빨리 열매를 맺겠다고 무리하면 좌절을 맛보게 되며 성급하게 얻은 것은 결국 자신을 위한 것이 되지 않는다.

언젠가 친구인 H로부터 한 통의 편지가 왔다. 그는 한 상장기업의 과장인데 정신적으로 상당히 침체되어 있었던 듯했다. 그의 편지에는 '내가 왜 이렇게 되었는지 모르겠다. 어쨌든 허무감 같은 것이 모락모락 피어오르고 있다. 산에라도 들어가서 수행을 해야겠다고 진심으로 생각하고 있다'는 등의 감상적인 내용이 적혀 있었다.

H의 심정처럼 비즈니스맨이 갖는 허무감이나 소외감은 대부분 일을 대하는 자세에 그 원인이 있다. 눈앞의 일에만 쫓겨 하루하루를 지내오던 사람이 어느 날 문득 멈춰 서서 자신을 되돌아보다가 견딜 수 없는 허무감에 빠져드는 경우다. 보통 '일은 하찮은 것'이라는 생각을 잠재적으로 품고 있는 사람들이 빠지기 쉬운 현상이다.

일은 자신의 개성과 인격을 연마하는 데 필요한 것이다. 하찮은 것이라는 생각을 가지고 임하면 그 일은 결코 자신을 위한 것이 될 수 없다. 어떤 일일지라도 자신에게 주어진 일이라면 하찮은 것이라 생각하지 말고 열심히 그 일에만 몰두하는 습관을 길들이는 것이 중요하다. 모든 분야에서 1등을 하는 사람들, 또 성공적인 결과를 얻는 사람들은 그들의 일에 임하는 자세가 남다르다. 흔히 말하기를 '미쳤다'고 할 만큼 몰두하는 힘, 바로 집중력이 강하다는 것이 그들의 공통점이다.

TV에 휴일을

가치 있는 삶을 만들어가는 습관

올인당하지 마라

"휴일에 무엇을 하십니까?"

주 5일제 근무가 정착되면서 회사원들의 휴일이 늘었다. 그래서 사람들을 만나면 종종 이런 질문을 하게 된다.

회사원들에게 물어보면 대답은 제각각이다.

"주로 산에 갑니다."

"이틀 중 하루는 반드시 주말 농장에 가고 나머지 시간은 집에서 휴식을 취하는 편입니다."

"딱히 하는 일 없어요. 그때 그때 다르죠."

"토요일은 아내와 마트에 다녀오고 일요일은 아이들과 외식을 해요."

저마다 휴일을 보내는 방법이 다르다. 아주 당연한 일이다. 여가를 중요하게 생각하는 시대이니만큼 각자 자유로운 생활 방식을 즐기는 것이 좋다. 그런데 의외로 딱히 하는 일 없다는 사람처럼 특별한 계획 없이 시간을 보낸다는 대답이 압도적으로 많다. 그런 말을 들을 때마다 '그건 아닌데'라는 생각과 함께 마음에 걸린다.

휴일이 늘어난 탓에 보통 사람들의 평일은 더욱 바빠졌다. 휴일에는 오직 휴식에만 신경을 쓰려고 하는 이들이 대세인 게 현실이다. 물론 휴식이나 자신이 좋아하는 취미생활을 즐기는 것도 중요하다. 5일 동안 일과 사람들로 인해 쌓인 스트레스를 풀고 지쳐 있는 육체적 피로를 씻어버리는데 커다란 효과가 있다. 다만 내 마음에 거슬리는 것은 "휴일에는 텔레비전을 보거나 특별히 하는 일 없이 시간을 보낸다."는 대답이다.

방바닥에서 뒹굴뒹굴하며 텔레비전을 보면 순식간에 두어 시간이 지나가버린다. 그런 시간에 대해 좀 더 생각해 볼 필요가 있지 않을까? 특히 아이들이 있는 가정에서는 부모들이 이런 점에 대해 더욱더 신경을 써야 한다.

대다수의 사람들은 집에 있으면 자신도 모르게 텔레비전에 눈이 간다. 영상은 시각에 호소하기 때문에 이해하기가 쉽다. 그저 보고 있기만 하면 되므로 아주 편안하다. 화면이 시시각각 자동으로 바뀌기 때문에 보는 사람의 자발적인 노력은 필요하지 않는 것이다. 게다가 웃을 수 있는 재미있는 프로그램을 보면 자신도 모르게 화면 속으로 더 깊이 빨려 들어가게 된다. 하지만 이런 습관은 사실 무서운 것이다. 노력을 하지 않고 정보를 얻는 습관에 문제가 있는 것이다. 이런 상태가 계속

되면 주체성이 희박해질 우려가 크다.

요즘 아이들의 경우 대체로 이런 경향에 빠져 있다. 우선 그들은 제대로 된 책 읽기를 귀찮아한다. 책이란 일정한 테마에 대해서 정리한 것을 문자로 표현한 것이다. 독서는 주체적인 행위다. 읽는다는 자발적인 행위를 지속하는 데는 노력이 필요하다. 책을 읽으면 바로 질려버리거나 잠이 온다고 하는 아이들이 적지 않은데 이는 자신을 억제하는 힘이 부족하기 때문이다. 텔레비전이 제공하는 정보를 일방적으로 받아들이는 것도 자신을 억제하는 힘이 부족해지는 원인 중 하나이다. 그리고 여기에 수반되는 것이 독서 습관의 상실이다.

특히 자녀가 있는 부모라면 휴일에 하루 한 시간이라도 아이들과 함께 독서하는 습관을 길들이도록 하는 것이 좋다. 독서는 정신을 도와야 하는 데 반드시 필요한 기본 요소이기도 하지만 적어도 TV 예능프로그램만 시청하는 비생산적이고 비자발적인 행위에 올인당하는 일은 없기 때문이다.